Un printemps 76

DU MÊME AUTEUR

George Best, le cinquième Beatles, *Stock*, *2014*

Vincent Duluc

Un printemps 76

Stock

Ouvrage publié sous la direction de
Benoît Heimermann

Photo de bande : © Chris Moorhouse/Getty Images

ISBN 978-2-234-07968-7

C'était à peu près le seul intérêt d'avoir treize ans en province en mai 1976, en dehors du jour où j'ai embrassé Évelyne, et il est bien possible que cela ait été l'inverse. Il y avait la musique, éventuellement, mais il y a toujours eu la musique, ceux d'entre les timides qui ont dansé avec une Yvette en 1958 ou avec une Kelly en 1992 diraient sûrement la même chose des slows de l'été qui favorisaient les rapprochements de classes, surtout en troisième.

Au printemps 1976, pendant l'ennui, les exploits des footballeurs de l'AS Saint-Étienne en Coupe d'Europe ont rebattu les cartes de la région et de nos vies, le séisme qui soulevait la ville noire faisait glisser ses répliques jusqu'en nos jardins, et Lyon, au milieu, Lyon la centrale,

Lyon la ville gagnée en micheline les jours de grand voyage et de distraction, Lyon était une étape vers le centre du monde.

Il paraît que j'ai vécu quelques mois sur la colline de Fourvière avant que la famille ne débarque à Bourg-en-Bresse au hasard des nominations de l'Éducation nationale. Une ville de préfecture présuppose une existence propre, pour ne pas passer sa vie à envier ce qui se joue par-delà ses frontières, soixante kilomètres à côté, mais c'était manqué, la possibilité d'une autarcie est le début d'un enfermement. Je me souviens d'une adolescence traînant en langueur, mais c'est l'assignation à cette résidence par l'âge, plus que la province elle-même, peut-être, qui m'aura donné le sentiment d'un temps ralenti et m'aura fait aimer chaque soubresaut. À l'intérieur, les matches de rugby, le dimanche, offraient l'illusion de repousser les murs, des joueurs vus à la télé et venus de Bagnères, de Lourdes ou de Béziers fendaient la foule entre le vestiaire et le terrain en essaimant une odeur de camphre et de voyage. À l'extérieur, trop loin pour s'en imaginer les voisins, trop proche pour n'en pas ressentir le rayonnement, il y avait l'équipe de football de Saint-Étienne. Pour nos vies alanguies les Verts étaient une tempête.

Sans cette grande affaire, sans ce feuilleton haletant aux épisodes espacés qui apprenaient le désir par la rareté et la frustration, la thématique d'une éducation judéo-chrétienne dans les années 70, il ne serait resté que l'envie de passer à la suite le plus vite possible, de tenir dans l'heure les promesses de plus tard, de vérifier chaque matin devant la glace que l'on était en train de grandir et que l'évasion serait pour bientôt.

À présent que je suis soupçonnable de plus de beaujolais que de sang stéphanois dans les veines, puisque dans la rivalité régionale je suis celui qui écrit sur Lyon et ses footballeurs depuis trente ans, l'aveu de ces jeunes années au plus près des ennemis de mes amis est un outing. J'en assume l'éventuel embarras, ne prétendrai pas à l'erreur de jeunesse ; j'ai un caractère et une enveloppe à faire de la place pour deux, et dois à l'honnêteté de m'approcher au plus près de l'histoire telle qu'elle s'est déroulée, ou telle qu'il m'en souvient, ce qui élargit le champ des possibles.

L'aveu d'une adolescence verte n'est pas une mince affaire chez les hommes de ma génération, de ma région et de mon historique. J'imagine que je suis devenu lyonnais, ce qui interroge à la fois sur la cartographie des affections adolescentes et sur les identités variables. On a le droit d'aimer la Bretagne et puis après de préférer le Pays basque, les Beatles et puis après les Stones, d'idolâtrer Poulidor et finalement de comprendre Anquetil, mais la rivalité entre Saint-Étienne et Lyon, qu'il s'agisse de football ou d'autres domaines de la vraie vie, dessine quelque chose d'une frontière qui ne serait franchie que par les traîtres. Ceux qui ont une double vie changent de peau entre Givors et Rive-de-Gier, sur la route enchâssée au pied des monts du Lyonnais. Parfois je me dis que je suis la Suisse, entre un père qui a grandi à Saint-Étienne et des enfants qui ont grandi à Lyon, mais personne n'a envie d'être la Suisse, on a l'impression de se soustraire à l'impôt ou d'être le juge qui vient faire le décompte des points en quatre langues à *Jeux sans frontières*.

J'imagine qu'il existe des aveux plus désarmants. Il suffit de jouer en soirée au jeu de la chanson préférée la plus honteuse pour savoir que tout le monde a quelque chose à cacher, une bluette d'un bellâtre en col pelle à tarte à ressusciter. Alors, les Verts, ce n'est tout de même pas comme si je révélais que mon chanteur préféré quand j'avais treize ans était Ringo (le mari de Sheila, pas le batteur des Beatles), ce qui serait complètement faux, ou que la partie cinéphile en construction, chez moi, trouvait un sens aux films de Philippe Clair, né Prosper Bensoussan, comme *Les Bidasses en cavale*.

Saint-Étienne était la meilleure équipe française de la décennie, la première à sortir de la nuit, et puis la fièvre verte des années 70 ne s'arrêtait pas à Givors comme le nuage de Tchernobyl à la frontière, elle venait jusqu'à ma préfecture de l'Ain et son code postal le plus facile à retenir de la planète, 01000. On habitait dans le zéro mille et cela posait une province, et si le vert venait jusqu'à nous c'était parce qu'il ne s'arrêtait nulle part.

À l'heure de mon positionnement dans la rivalité régionale entre l'AS Saint-Étienne et l'Olympique lyonnais, entre le club de mon père et celui de mes enfants, je me dis que mon père est désormais grand et raisonnable, qu'il se remettra plus facilement d'une défaite que mes enfants. Les soirs où Lyon gagne le derby je suis heureux qu'ils soient heureux pour plusieurs jours. La famille peut être chicaneuse mais elle ne peut pas être sectaire ; un jour de retour de vacances on s'est arrêtés à Saint-Étienne, on aurait pu visiter un château ou un musée, c'est tombé sur Geoffroy-Guichard un soir de match, on a fait une photo dans la tribune derrière les buts avec les enfants, et c'est cette photo que mon père a mise dans son bureau. Je ne prétends pas qu'il n'aurait pas affiché une photo de nous prise au stade de Gerland, à Lyon, je constate seulement que c'est bien tombé, je veux dire pour lui.

Ma fratrie, notre descendance et moi, sommes les enfants de ce triangle, Saint-Étienne, Lyon et Bourg-en-Bresse, et parfois cela forme un carré jusqu'à Vichy, la ville maternelle de nos étés ; et au passage autant régler l'affaire, on dit « Bourque », c'est comme ça, d'ailleurs je ne vois pas pourquoi tout le monde demande toujours pourquoi. On dit « Bourque », département 01, Ain, niveau mnémotechnique nous sommes imbattables et je sais bien que tout le monde est jaloux. Ainsi les choses s'équilibrent-elles, car j'ai grandi là en étant jaloux du monde.

*

J'ai adoré ces semaines du printemps 1976 et ce n'était pas parce que j'étais censé préparer mon BEPC, sur ce front-là je savais déjà que je finirais par me porter déserteur, l'ennui en boucle me dirigeait invariablement vers l'inaction, je préférais le stress du cancre à la fatigue des révisions, et pour ma culture retournais plutôt au cinéma Eden voir *À nous les petites Anglaises* avec la sensation de regarder un documentaire. J'aurais dû prendre des notes, je suis sûr que j'en aurais conçu l'esquisse d'une méthode et que j'aurais été mieux prévenu des basculements sentimentaux de fin d'année scolaire.

C'était toujours la boum où l'on n'était pas qu'il ne fallait pas manquer, dès la suivante on ne savait plus qui était avec qui, la fille qui vous avait invité était déjà en train d'en embrasser un autre cependant que vous franchissiez le palier, et, stoïque, comme si vous aviez également oublié le rendez-vous préparé depuis huit jours, à établir un hit-parade des trois tee-shirts envisageables et à chasser les points noirs, vous vous dirigiez vers le buffet boissons-bonbons où vous vous serviez, très digne, un verre de Pschitt orange pour oublier tout ça. Oublier qu'il n'y aurait peut-être pas d'autre fille, pas d'autre chance, les vacances arrivaient trop vite et on ne reverrait pas les filles de la classe avant la rentrée. C'était bien avant l'idée que tous les étés se valent et se ressemblent, même en bien, bien avant qu'ils filent aussi vite que les jours, à cet âge ils étaient encore uniques, et leur unicité même pouvait les rendre interminables, un tunnel de soleil qui me rendait blond comme les blés mais nostalgique de l'hiver et d'une bise, parfois.

Ne pas travailler au lycée était une manière de sacerdoce qui nécessitait de la discipline et de la constance, ainsi que la conscience que la montée d'adrénaline à l'oral, après avoir révisé un sujet sur dix, précédait de très peu le sentiment de n'avoir pas eu de chance au tirage.

Afin de me préparer à l'inéluctable, puisque les boums étaient décevantes et que ma meilleure chance de fuir les révisions était de partir vraiment, j'étais allé travailler à Vichy chez ma grand-mère maternelle adorée pour échapper à la surveillance parentale, et prétendant chercher à la bibliothèque le calme et l'atmosphère de travail, je filais tous les après-midi au cinéma Le Royal, me faufilais par la double porte de sortie que rien ne désignait, entre un tailleur pour dames et une confiserie qui sentait le sucre d'orge, et je révisais le programme de 1976, plaçais Edwige Fenech entre Truffaut et *Taxi Driver*, en ce domaine je ne faisais jamais d'impasses, porté par une curiosité à large spectre.

En ces premiers jours de juin, je tentais difficilement de me remettre de la défaite de Saint-Étienne en finale de la Coupe d'Europe de football, à Glasgow, face au Bayern Munich. Il me semble que mon entourage familial aurait dû le comprendre, et considérer avec bienveillance mes réticences à me pencher sur les révisions du BEPC, feu le brevet, cette frontière déterminante pour les amitiés adolescentes, puisque le tiers de la classe allait se diriger vers l'enseignement professionnel, et la découverte que l'on ne tient jamais les promesses de continuer à se voir comme avant. Ainsi se brisait la fraternité des cancres, et parmi eux j'étais un imposteur, moins par mes facilités à surnager dans quelque devoir décisif à chaque menace de rupture, que par mon statut de fils de profs, la pression même qui éteignait mes envies d'être bon élève me protégeait de la chute, et les discussions entourant mon passage dans la classe supérieure intégraient que j'étais un membre de ce milieu – je connaissais mes juges et savais l'inégalité entre justiciables au conseil de classe. À la rentrée suivante, en seconde, je n'aurais plus un élève de ma classe avec qui parler du match de la veille entendu à la radio. Il me faudrait traverser la cour et squatter d'autres platanes, ou changer de sujet de conversation.

Vu de Bourg, au printemps 1976, Saint-Étienne était un phare avec une lumière verte clignotante. Vu de chez moi, plus encore. Il s'attache à cette ville un tropisme familial. C'est la ville de mon père, d'un grand-père que je n'ai pas connu, de mon arrière-grand-père dont je me souviens très bien, qui proposait un coup de gnôle à ses arrière-petits-enfants, au moins sur un sucre, en prétendant que c'était du médicament. J'ai souvent fait en sorte d'être à la hauteur de cet héritage et de ces conseils, même si, plus tard, en faisant évoluer la posologie, j'ai rapidement constaté que l'on se sentait mieux entre les prises que pendant le traitement.

Cet arrière-grand-père prénommé Léonce avait été essayeur de vélos à la Manu dans sa jeunesse. J'ai toujours imaginé la fonction comme un métier à risque, un peu comme goûteur chez Cléopâtre. C'était un vrai métier, ainsi libellé sur son livret d'état civil au jour de son mariage, il devait supposer d'enfourcher une Hirondelle, les vélos des gendarmes que la Manufacture d'armes et de cycles de Saint-Étienne fabriquait par milliers, un tour de pâté de maisons ou une ligne droite dans un atelier, une étiquette attachée au guidon en guise de certificat, l'essayeur avait essayé, roulez jeunesse ! À Saint-Étienne, il y avait la mine et la Manu, et l'arrière-grand-père avait tout visité. Essayer des vélos lui avait donné l'envie d'être cadre à son tour, et quand il était entré à la mine, il était parvenu à monter en grade plutôt qu'à descendre au fond. Il figure, élu de la CFTC, sur une photo syndicale à la page 168 d'un livre rapportant les luttes ouvrières stéphanoises du siècle, lui qui en avait connu deux. Son épouse, mon arrière-grand-mère, était ourdisseuse, alors la mine, la Manu et la passementerie, il ne manquait rien à ce qui résumait cent ans de classe ouvrière à Saint-Étienne.

Mon père ayant grandi dans le quartier du Soleil, qui ne se couchait jamais à la même heure sur le prolétariat multiculturel de ses rues soumises aux trois-huit, j'avais l'accent gaga à la maison. Il était prof de français et il n'a jamais pu prononcer « maintenant » ou le « genre de choses » comme tout le monde. C'était « maint'nin », le « jare de choz ». Il rapportait à la maison les journaux et magazines qui tressaient les lauriers des Verts, et moi je les lisais, dès l'école primaire. À sept ans, il me manquait le recul, la compréhension du second degré. Au mois de juin 1970 – j'ai retrouvé le numéro –, un éditorialiste de *Football Magazine* avait titré : « Faut-il mettre Saint-Étienne hors concours ? » Il évoquait la supériorité des Verts, champions de France, qui avaient également remporté la Coupe de France. Hors concours, je trouvais cela profondément injuste, quand même, j'ai attendu le numéro suivant pour savoir si la menace était maintenue ou si on leur permettrait de continuer à jouer avec les autres équipes du pays.

J'ai rapidement aimé le foot et la presse du foot : à partir du moment où j'avais décidé de ne pas travailler au lycée, il fallait bien que je m'occupe. Dans le jardin avec mon plus jeune frère ou mes copains de classe, dans les cours de récréation, en club, j'ai adoré le jeu et ses objets. J'ai dormi plusieurs nuits avec mon premier ballon de cuir, et même pour aller jouer quelques minutes sur la pelouse familiale, je mettais mes premières chaussures à crampons moulés, des Rivat noires à semelles blanches. À ces âges le seul sport en chambre consiste à reconstituer le théâtre des exploits télévisés, et pour le basket j'expédiais après d'immenses prodiges commentés à haute voix une paire de chaussettes de foot roulées en boule dans la poubelle juchée sur le rebord de la fenêtre de ma chambre, la cible n'était pas si large, c'était un baril de lessive en carton recouvert de papier plastifié collant. C'est fou le nombre de matches que j'ai gagnés à la dernière seconde sur mon seul talent devant un public debout, c'est-à-dire moi, les économies nécessaires de production m'obligeant à jouer tous les rôles.

La lutte entre la vie fantasmée et la vie réelle n'était pas toujours équilibrée, mais moi non plus, peut-être, et il m'est arrivé d'avoir du mal à trancher entre l'une et l'autre. D'ailleurs, le jour où je suis enfin allé voir un match à Saint-Étienne pour de vrai, enfin je crois, je n'ai pas su dans quelle case ranger l'événement.

There was something in the air that night
the stars were bright, Fernando
Abba, *Fernando*

J'ai longtemps cherché mon ombre dans la masse noire. Il existe peut-être une photo où l'on me devine, mais parfois je doute, j'espère que je n'étais pas ailleurs. Je comprends ceux qui mentent et préfèrent l'illusion, je sais le lent travail du mensonge et de la mémoire, mais j'étais vraiment au milieu du but, au premier rang contre le grillage qui a zébré mon nez acnéique et froid, ce soir de mars 1976, lorsque Dominique Rocheteau a marqué contre le Dynamo Kiev.

J'en suis presque sûr parce que j'ai toujours raconté cette histoire, mais à l'âge où l'on s'invente une vie j'aurais pu créer une nuit, pour mes copains, moi-même et mes vieux jours. Personne n'en aurait souffert, les copains auraient oublié et moi je me serais souvenu.

Un jour que la télévision a rediffusé le match, je l'ai enregistré sur mon magnétoscope sans télécommande, c'était au XXe siècle, j'étais à genoux devant l'engin, à la fois pour le supplier de ne pas soudain diffuser une neige grise à la place d'images en couleur et pour appuyer sur le bouton pause à chaque fois que l'action passait devant le but où je m'étais tenu. Ce soir-là, je me suis cherché très tard.

Je crois que je suis juste à côté du panneau publicitaire La Hutte. J'ai treize ans, un caban bleu nuit qui ne m'a pas quitté pendant des années, d'abord porté comme un enfant sage pour essayer le genre et en évaluer les avantages, puis avec un col relevé et des allures de manteau trois quarts quand j'ai commencé à pousser un peu, les cheveux d'abord et puis les jambes. Le caban a des poches magiques, c'est-à-dire qu'elles sont trouées et que je peux cacher des affaires dans toute la doublure, un petit poste de radio parce que je m'ennuie à vélo, tant pis si, avec les seules stations périphériques, j'ai plus de chances d'entendre Anne-Marie Peysson que King Crimson. Du coup quand je sors du lycée j'écoute *Les Grosses Têtes* et me dirige vers une vie de calembours. Et puis la doublure accueille très au large mon quatre-heures, et puis des Car en sac traînent dans les replis, quand j'ai faim et que je gratte, des peluches remontent avec, elles restent sur ma langue.

Derrière le but, j'ai cherché mes cheveux blonds et raides éteints par la nuit ainsi que mon manteau sombre, mais début mars à Saint-Étienne la tribune était noire, alors qu'elle est blanche et claire à Roland-Garros les jours de juin ensoleillés, les stades ont toujours eu la couleur des saisons et de nos vêtements, chemises ouvertes ou anoraks fermés.

Je me souviens de tout, comme si j'y étais. Mon regard entravé par le grillage et le filet du but, je serais entraîné plus tard pour les images cryptées de Canal Plus lorsque l'on dirait qu'il fallait superposer deux passoires pour pouvoir regarder un match sans décodeur. Mais je n'ai pas de regret, je voulais être au cœur de l'action et j'avais choisi ma place exactement au milieu, où j'étais resté debout pendant six heures, le nez collé à la fenêtre comme lorsque je regardais passer la vie et les filles depuis l'étage et ma chambre. Les joueurs étaient à trois mètres de moi et je sais qu'ils nous entendaient, évidemment ils nous entendaient, quel aurait été le sens de tout cela, sinon ? Ils entendaient, forcément, quand tout le stade chantait « Allez, allez, allez Saint-Étienne » sur l'air de l'*Ave Maria*, pas de Gounod, l'autre, celui de la messe, et cela classe une époque, parce que même si l'air n'avait pas disparu, aujourd'hui, il n'y aurait plus grand monde pour remonter à la version originale et identifier la source.

On voyait la sueur, on devinait les cris, avec la fraîcheur du soir une fumée les enveloppait, soit qu'ils l'exhalaient, soit qu'elle se dégageait de leurs corps échauffés et devenait vapeur au contact de l'air froid de mars à huit cents mètres d'altitude. Nous étions un rivage qui contemplait le flux et le reflux, les assauts et les contre-attaques, les joueurs grossissaient soudain ou s'éloignaient tandis que la ferveur du stade, de l'autre côté, nous indiquait l'imminence de l'action dangereuse, et puis soudain la vague revenait vers nous et échouait dans un murmure qui était l'écume d'un regret.

Je sais comment je me suis retrouvé tout seul au milieu de milliers d'autres. Entre le commentaire de *L'Albatros* de Baudelaire et un cours de grec pour rappeler la règle selon laquelle les chevaux sont des corps grammaticalement neutres qui courent au singulier même à plusieurs, mon père lançait à ses élèves, dont moi, qu'il fallait aller à Geoffroy-Guichard une fois dans chaque vie. Je savais qu'il avait raison parce que cela faisait treize ans que j'attendais. Pour le reste j'avais l'intention de tricher. Que ce soit seulement la première fois et que je revienne.

C'était une feuille à l'entrée du bureau du surveillant général : déplacement en car organisé par le lycée au stade Geoffroy-Guichard pour le match Saint-Étienne-Kiev, 40 francs, place comprise. Il suffisait d'écrire son nom, on rapporterait plus tard le chèque parental.

Les souvenirs qui reviennent à ma mémoire sont ceux que j'ai choisis. Je suis presque sûr que j'étais dans le car, que nous sommes rentrés dans la nuit au lycée, que je suis revenu à pied à 3 heures du matin, seul, et que j'ai pris la décision de ne pas aller en cours le lendemain parce que j'avais sommeil, parce que la vie ne pouvait pas reprendre comme si je n'avais pas été un acteur essentiel d'un exploit dont toutes les radios parlaient au réveil, du moins au réveil des autres. L'ambiance, les chants, c'était nous, et sans nous, sans moi, les joueurs auraient couru dans le vide et le silence. Nous étions liés par la reconnaissance réciproque de la part de l'autre dans l'exploit, et il me paraissait inimaginable d'assister dès 8 heures à un cours de géographie aussi indifférent à ce bouleversement définitif de l'ordre du monde.

Un jour de déambulation dans la mémoire des anciens numéros, je me suis rendu compte qu'il ne manquait que deux parutions du *Progrès* à la bibliothèque de Bourg-en-Bresse. Un siècle, et seulement deux absences. Elles figurent en avertissement sur le site lorsque l'on veut en consulter le fonds : « Pas de journal du 18 mars 1976 ni du 13 mai 1976. » La mention m'a saisi par surprise. J'ai reconnu instantanément ces deux dates. C'était le lendemain de Saint-Étienne-Kiev, et le lendemain de la finale de Coupe d'Europe Saint-Étienne-Bayern Munich à Glasgow. Me voilà libre de prétendre qu'une main aura voulu supprimer ces deux traces dans ma ville, et dans le cas du 18 mars poursuivre le dessein secret de nier ma présence en m'enlevant une chance de prouver que j'étais à l'intérieur de l'exploit, ou de me laisser affabuler plus librement, peut-être. Mais je sais plutôt que ces journaux s'arrachaient, au sens littéral, dès l'aube, et que les exemplaires de la bibliothèque ont été plus sûrement dérobés. Je n'ai rien à voir là-dedans, de même qu'il n'y a rien à voir de moi à l'intérieur, les flashes ont seulement éclairé l'action et je suis resté dans la nuit.

Le rapport de ma province aux exploits des Verts passait par *Le Progrès* du matin, et tant pis si le journal mentait, annonçait à la une un grand exploit que les pages intérieures ne traitaient pas selon son ampleur, mais en fonction des zones géographiques et de l'heure du départ des camions et estafettes de l'imprimerie vers nos kiosques.

C'était une pratique de funambule qui nous confrontait au vide du récit soudain interrompu par l'horaire des rotatives. Je me souviens de l'article racontant Saint-Étienne-Split, l'exploit originel des Verts, le jour un de la légende, une saison plus tôt. Après la défaite 4-1 en Yougoslavie, il fallait renverser le score et l'Europe entière au match retour, deux semaines plus tard. Le lendemain de l'exploit, j'avais fiévreusement ouvert *Le Progrès de l'Ain* en commençant par la fin, comme toujours, pour réduire l'attente du moment béni où j'atteindrais les pages sportives, et j'avais entrepris la lecture du compte rendu. Il s'étalait sur une demi-page, s'arrêtait sur chaque action, même les plus banales. On attendait de plonger dans la dramaturgie de la soirée mais on ne faisait que l'apercevoir au loin, la fin de l'article se rapprochait beaucoup plus vite que la fin du match. Il ne s'était encore rien passé, l'affrontement ne faisait que commencer, mais l'heure du bouclage ne donnait plus que deux phrases au reporter pour tout raconter.

Les voici, ces deux phrases.

À la mi-temps, Saint-Étienne et Hajduk Split sont à égalité 1-1.

Finalement, Saint-Étienne bat Split 5-1.

Je chéris encore ces lignes d'avoir caché tant de secrets de fabrication et d'avoir suscité tant de fantasmes, mais c'était comme plonger dans la scène d'ouverture d'*Il était une fois dans l'Ouest*, le bruit lancinant de la chaise à bascule, la mouche coincée dans le canon du revolver, les gouttes d'eau qui ploquent sur le chapeau, le vent qui fait grincer l'éolienne, le crépitement du télégraphe, la rumeur du train au loin, l'entrée de la locomotive dans un crissement aigu, la vapeur soudain libérée, le suspense étiré sous le soleil au zénith, et finalement Charles Bronson tue Henry Fonda. Bon, c'est bien aussi, mais c'est autre chose.

Dans les jours précédant Saint-Etienne-Kiev, j'ai acheté les journaux tous les jours en allant au lycée. Je les lisais en pédalant, presque droit puisque j'avais retourné mon guidon de course selon les règles du cool, et j'apprenais qu'Oleg Blokhine, qui venait de recevoir le Ballon d'or de meilleur joueur d'Europe, conduisait une Volga immatriculée 0001 avec une radiocassette stéréo à l'intérieur, qu'il s'entraînait à courir vite avec Valeri Borzov, le champion olympique du 100 et du 200 mètres en 1972 à Munich, et que son chanteur préféré était Demis Roussos. Il travaillait son adresse en tournant le dos à un mur sur lequel un but était dessiné, avec des numéros de 1 à 8 à l'intérieur. Lorsque son entraîneur hurlait un numéro, il devait frapper immédiatement en se retournant et envoyer le ballon sur ce numéro.

Je n'ai jamais su comment prouver que j'ai vécu à l'intérieur de la matrice la naissance d'un exploit. Je n'ai jamais rencontré de témoins. Jamais, dans les trois années de lycée qui me restaient, je n'ai croisé un copain qui m'ait lancé : « Eh, tu te souviens, Geoffroy-Guichard ? » J'imagine qu'une garde à vue me confondrait, que je finirais par m'effondrer face à l'absence d'indices de ma présence et par avouer que ce que j'avais toujours cru était un mensonge. Nous étions quarante mille dans la nuit vulcanienne et j'étais seul. Je suis sûr de n'avoir parlé à personne.

Je n'avais pas envie, sans doute, d'être arraché à mes pensées tandis que je m'apprêtais à me recueillir. Je voulais m'abandonner sans frein ni témoin à ma fascination pour ce décor, les projecteurs dans la nuit de mars, le bloc rond lumineux tournant pour Manufrance, les hautes cheminées par-dessus les toits, les filets du but, les mouvements dans les tribunes. Les gens arrivaient tellement en avance, les portes avaient ouvert à 16 h 30, quatre heures avant le match, et j'avais cherché ma place. Je devais mesurer un mètre soixante sur la pointe des pieds, j'ai cherché le trait correspondant à l'année sur l'encadrement de la porte, dans la maison familiale, mais la peinture et le temps l'ont recouvert, les traits et les prénoms sont ceux des petits-enfants et les années sont celles du football moderne.

Je me suis rapidement placé au premier rang contre le grillage, je n'avais pas envie de le vivre de haut, comme les funambules frappadingues perchés sur les poutrelles métalliques sous le toit de la tribune populaire, ni comme les grands, fichés au beau milieu de la mer sombre au ressac lourd, au milieu du peuple qui s'arrimerait, commencerait par boire ce qu'il avait apporté puis pisserait dans les mêmes bouteilles – mais si les gars de l'avant, juste au-dessous, étaient désagréables, ivres ou portaient un imper, les marins du chœur vert se soulageaient sur eux de leurs scrupules.

Au premier rang, contre le grillage, personne ne boucherait ma vue sur le plus grand spectacle de ma vie boutonneuse. Je n'avais jamais vu les Verts en couleur, ou alors si, une fois, un 15 août à Vichy, un match amical Saint-Étienne-Legia Varsovie disputé dans le stade vélodrome de la ville thermale, que j'ai revu au cinéma dans *L'Argent de poche* de Truffaut, et je me souviens de ce maillot satiné dont l'éclat éblouissait quand la seule couleur du football que je connaissais était le noir et blanc.

Pendant les heures d'attente, j'ai regardé tous les panneaux publicitaires du stade Geoffroy-Guichard, ils me ramenaient à mes souvenirs de photos et d'images télévisées. La bijouterie Parot, Thomson, les chaussettes Kindy, les meubles Frappat, Darty, Géant Casino, juste au-dessus de Brandt, Europe 1, Fiat, Conforama, Rond Point. Le speaker, dans le même temps, lisait la publicité qui était diffusée dans les haut-parleurs : « Les joueurs de Saint-Étienne ont les reins chauds, ils portent une ceinture Gibeau. »

La magie est venue de ce jour qui tombait doucement, l'heure du soleil indiquait que le combat était loin, qu'il faudrait passer le temps autrement, d'ailleurs les premières fumées des *estancos* autour du stade ne charriaient aucune odeur, il était trop tôt pour mettre à griller, et à l'intérieur, pendant que de petits cercles s'asseyaient sur les marches pour partager le repas tiré du sac, un lever de rideau contribuerait à nous distraire. Les journaux avaient annoncé qu'un prodige de treize ans, Laurent Roussey, qui avait déjà signé son futur contrat avec Saint-Étienne, jouerait en vedette américaine avec les minimes de Mazargues. J'avais son âge. Il avait paraphé un contrat de non-sollicitation, c'est-à-dire qu'il s'était engagé à n'écouter les offres d'aucun autre club. Pour ma part, le contrat qui me liait à ce jeu manquait de réciprocité, il était clair que personne ne me solliciterait jamais, on allait peut-être même me demander de ne pas jouer après certains samedis où j'avais les mains percées, et quand le vendredi matin je faisais le détour par la vitrine du café où étaient affichées, écrites à la main, les convocations pour les matches du week-end, il m'arrivait de rejoindre le lycée le cœur lourd de cette passion mal partagée. Pour les contrats, et pour les paraphes, ce que je faisais de plus ressemblant consistait à signer mes mots d'absence à la place de mes parents. On ne soupçonne pas les fils de profs qui n'ont aucune chance de ne pas se faire prendre.

De cette nuit au stade, je me souviens de tout mais peu de moi. Ce n'est pas que je perde la mémoire, c'est seulement que le manque de preuves me fait flancher, et puis je commence à avoir l'âge où le prénom du type que vous croisez depuis vingt ans au boulot vous échappe. Il vous reviendra dans la nuit, au fond de votre lit, et c'est un endroit où la mémoire est moins utile, quand même.

J'ai travaillé longtemps avec des photographes stéphanois qui étaient présents sur la pelouse ce soir-là, en ces temps anarchiques et joyeux qui leur permettaient de poursuivre au pas de course un buteur sur la pelouse avant d'être gentiment priés par l'arbitre de quitter le terrain. J'aurais dû leur demander, explorer leurs archives à la recherche d'un caban bleu marine dans la nuit noire.

Je sais que c'est moi, mais quand j'ai vu *Le Retour de Martin Guerre* au cinéma je me suis dit que mon ombre ressemblerait à toutes les autres ombres et que même si ce n'était pas moi je pourrais sûrement le faire croire.

Parfois je me dis que je préfère peut-être avoir une image floue que le cœur net. Je travaille depuis vingt ans à deux étages d'une réponse, les archives photos de *L'Équipe*. Je m'y suis plongé pour des anniversaires de joueurs amis, à la recherche d'images qui auraient échappé à leurs ciseaux ou à leurs souvenirs, j'ai souvent dû tourner autour de l'année 1976.

Je me suis dit qu'il était temps, alors que j'écrivais ces lignes et avais laissé un grand blanc cependant que j'explorais ma mémoire.

Je sais le matériel photographique de l'époque. Le Nikon à moteur venait d'apparaître mais, sinon, il fallait déclencher, recharger, déclencher à nouveau, sentir le foot, deviner le sens des actions ou des déplacements. Sous la référence Saint-Étienne-Kiev, il y a une quarantaine de photos dans notre fonds, c'est tout. J'ai longtemps espéré des vues des tribunes, juste derrière le grillage. Par exemple, lorsque je prends l'ascenseur au travail, il y a une grande photo d'un but de Zidane en finale de la Coupe du monde 1998. Je peux discerner très nettement trois cents visages, derrière le but. Je suis sûr que tous possèdent l'agrandissement de la photo dans leur salon, avec une flèche au feutre indélébile pour désigner leur place dans l'exploit, huitième rang, le gars en polo rouge qui lève les bras alors que le ballon n'est pas encore rentré doit faire visiter son mur de gloire à tous les amis de passage, et même aux autres.

Je suis allé voir les iconographes et j'ai demandé à mon ami Olivier ce qu'on avait sur Saint-Étienne-Kiev. Il m'a mis derrière l'ordinateur, tiens, tu n'as qu'à cliquer. Tu verras ta vie défiler. C'est moi qui ai ajouté cette phrase. La plupart des photos sont en noir et blanc. On aperçoit des images du match, ou des joueurs juste avant la prolongation, exténués, assis sur la pelouse, chaussettes baissées, ils sont massés par un vrai kiné ou un coéquipier qui fait semblant, ou alors on leur donne à boire. Il y a une seule photo du public, mais elle correspond à une tribune latérale, chez les riches. Je sais, j'exagère, ils étaient en bas, eux aussi, derrière un grillage, et le photographe avait dû se tourner un peu avant l'entrée des équipes, il recherchait la netteté, clic, il est tombé sur des visages proches et habités, avec des drapeaux, des écharpes, mais ce n'était pas seulement géographique, c'était à cause de la lumière, avec une pellicule de 400 ASA et un flash c'était du tout cuit, là, à mi-terrain, avec l'appui des projecteurs à pleine puissance. Dans la fiche technique des journaux de l'époque, entre le nom de l'arbitre et le nombre souvent menteur des spectateurs, que les clubs sous-estimaient pour entretenir un bas de laine parallèle, figurait la mention « éclairage satisfaisant », ou moyen, ou insuffisant, le siècle de la lumière avait ses ombres dans les recoins, que les lampes qui mettaient une demi-heure à chauffer éclairaient avec peine.

Moi, j'étais à la lisière, au début du noir, du ténébreux, de l'arrière-plan, au premier rang de cette tribune populaire régie par un cycle de marées qui faisaient trembler le grillage où elles se fracassaient. Des photographes étaient devant moi, pas loin, mais ils ne se sont pas retournés. Pas ceux de *L'Équipe*, en tout cas, des bons, pourtant, des qui parcouraient le monde et transformaient les toilettes pour dames en labo photo en une minute, écriteau collé sur la porte pour faire officiel, fenêtres obstruées par du papier opaque, drap sombre accroché au plafond pour imiter une chambre noire, un évier révélateur, un évier fixateur, ils branchaient un sèche-cheveux pour les films qui sortaient du bain lestés par un plomb pour les tenir droit, roulez jeunesse, ils avaient forcément trouvé un bureau ou un bout de tribune de presse pour installer le bélinographe, dix minutes pour une photo, un peu de Gérard Majax, une pincée de Houdini, ils livraient depuis la Sibérie des Fragonard qui arrivaient rue du Faubourg-Montmartre où personne ne s'étonnait que l'image fît un peu de neige.

Ce soir-là, ceux d'entre eux qui étaient derrière le but côté usine n'ont pas cherché à donner un visage à la tribune populaire ni à lui offrir un souvenir d'elle-même.

J'en suis sûr aujourd'hui, j'étais exactement où je voulais être, quelque part au centre de l'univers. Une fois dans ma vie tout le pays regardait l'endroit même où je me trouvais, Saint-Étienne serait mon grand voyage au centre de la terre, je m'enfonçais hors du nombre dans une ville qui avait vécu en fouillant ses entrailles pour en sortir le charbon, dresser des pyramides avec les résidus, une ville qui criait pour survivre et braver le monde.

Grandir dans ma province avec Saint-Étienne juste à côté, en 1976, c'était habiter Naples au pied du Vésuve, c'était savoir que le cœur de l'univers avait soudain été déplacé, qu'il se rapprochait de nous mais sans nous inclure, et c'est pour cela que l'on se levait, pour voyager, franchir la frontière et ressentir l'appartenance au monde.

Là-bas, juste à côté, Saint-Étienne avait les Verts, la ville avait cette fièvre, un pays venu prendre son pouls, et sous ses yeux la classe ouvrière mourait en chantant « Qui c'est les plus forts ? ».

Emmène-moi danser ce soir,
Flirtons ensemble tous les deux dans le noir

Michèle Torr, *Emmène-moi danser ce soir*

Je suis un enfant de l'ennui et nous sommes une famille nombreuse. Longtemps j'ai porté les stigmates de cette langueur, j'ai attendu mon tour et espéré la lumière sous les couches de l'adolescence et de la province, mais chaque évasion m'a dirigé vers la prison suivante, et j'ai regardé passer de ma fenêtre les années 70, les colliers à fleurs, les combis Volkswagen, l'amour pour tous, la musique psychédélique, avec la mélancolie d'un détenu du château d'If avec vue sur la mer. J'ai bien compris que les grands n'avaient pas voulu nous attendre, ils avaient commencé sans nous, nous avaient laissé les dimanches interminables, cet ennui pompidolien puis giscardien. Le deuxième était plus moderne, après le choc pétrolier on s'ennuyait pour plus cher.

Rien n'était plus poisseux que le samedi soir à la maison, dans la conscience que le temps était perdu puisque la vie était dehors, au café, au match, au cinéma, au bal – et si plus personne n'y va, tout le monde y allait. Un soir de maison vide et de samedi buissonnier, je suis parti en Solex à Mézériat, je suis resté une heure à la lisière du chapiteau qui abritait la piste, spectateur de la vie qui vibrait, un peu plus acteur de la mienne.

J'ai senti le parfum des filles et la sueur des hommes, la fumée des cigarettes faisait un nuage parsemé de la poussière d'étoiles qu'essaimait la boule à facettes, et je suis tombé amoureux de la chanteuse un peu comprimée dans son lamé, qui chantait *Sister Jane*. J'ai vu le guitariste chercher le regard d'une jeune femme qui danserait un slow avec des airs d'évasion et de parenthèse, je l'ai aperçu inspecter le chapiteau et embrasser large, même les filles avec des chaussettes transparentes en acrylique qui arrivaient juste au-dessous du genou, d'ailleurs elles avaient une culotte assortie qui devenait électrique quand on la frottait et cela interrogeait sur la nature des étincelles, quand même.

Moi, c'était plutôt *Sister Jane*, surtout quand une chanteuse de bal prenait la pose, main dans les cheveux plutôt que sur le cœur, pour feuler le « Aahhhh » d'ouverture à la place du jeune Jean-Jacques Goldman avec son groupe Taï Phong.

Mais je suis objectif, juste après, je concède que l'apparition des six minutes trente de *Hotel California* a révolutionné les slows, offert d'inédites perspectives. Six minutes trente, quand même, avec une fille inconnue que l'histoire de la variété moderne n'avait jamais permis à personne d'approcher d'aussi près, ni aussi longtemps, il y avait matière à terroriser les timides qui s'enhardissaient difficilement à frôler le tissu sur les hanches après deux minutes de *Sorry seems to be the hardest word*. Alors forcément, pendant *Hotel California*, dès le troisième « *such a lovely place* », ils ne savaient plus quoi faire de leurs mains, la conversation ne pouvait pas avoir le même sens dans la proximité soudain durable de la peau de l'autre. *Sister Jane*, c'était bien, on ne donnait pas le sentiment d'insister. On aurait dû, peut-être, mais en deux minutes trente la timidité passait pour de la délicatesse.

Admettons que les Eagles offraient tous les avantages pour les entreprenants. L'intro était assez longue pour que l'on puisse parler sans couvrir le premier couplet, et la chanson si étirée qu'il était normal, bien que l'on respectât l'art, de finir par reprendre la conversation cependant que les Aigles chantaient encore. Puisque le morceau durait, la fille ne pouvait pas s'échapper. Bon, le garçon non plus, mais c'était un risque à prendre.

À côté de *Hotel California*, *Sister Jane* ou *Sorry seems to be* figuraient un genre de *speed dating*. D'ailleurs, tout était rapide, il fallait même être prêt à courir vite si votre danseuse avait oublié de vous préciser qu'elle était en main avec le petit nerveux qui a remonté son pantalon à pattes d'eph' sous les bras et ouvert jusqu'au milieu de la poitrine sa chemise étriquée.

J'ai souvent été aussi ému par la musique de bal qu'un mélomane retranché dans sa bibliothèque convoquant la pénombre et Mozart, il n'y a pas d'échelle de noblesse dans l'émotion musicale. Je sais tout de ces cérémonies transportées, c'est ainsi que je m'installais avec mon disque de Neil Young, une version live de treize minutes de *Southern Man* que j'ai entendue mille fois, je fermais à clé la porte de ma chambre, je m'allongeais sur le tapis, posais une lourde enceinte de chaque côté de ma tête, parce que le casque n'aurait pas fait vibrer ainsi les basses dans tout mon corps, je fermais les yeux et soudain traversais les murs.

Je me relevais toujours avec la tête qui tournait d'avoir voyagé aussi loin, mais les pieds dans ma chambre, et si le moment s'accordait aux heures de fin d'après-midi, cela n'aurait jamais été mon premier disque au réveil, ni un morceau pour le samedi soir, il aurait brisé le cercle apprivoisé du spleen.

La difficulté de l'époque consistait à écouter une chanson sans posséder le disque. Elle grésillait sur le poste de radio, elle était coupée parce que la pub arrivait, et si elle vous entêtait, vous deviez guetter toute la journée le moment où elle repasserait, ou alors prendre votre vélo, descendre chez le disquaire, lui demander de déballer le 33 tours et lui faire croire que vous alliez dépenser chez lui tout votre argent de poche. Là-bas il y avait quatre platines alignées, des casques, et on avait souvent envie de faire signe à notre voisin qui ne s'entendait pas d'arrêter de chanter très fort et très faux Nicolas Peyrac, parce que *So Far Away* avec une octave et demie et l'accent bressan, oui, L.A. était vraiment très loin.

Enregistrer une chanson à la radio nécessitait de coller le magnétophone au transistor, et pour l'écouter dix fois à la file vous rembobiniez sans cesse la même cassette au même endroit, alors la bande commençait à faire des étages, à freiner, elle se bloquerait bientôt. Vous croisiez des puristes qui devaient être des membres du comité de préservation des cassettes et vous assenaient qu'une cassette devait s'écouter jusqu'au bout, puis se retourner, s'écouter à nouveau jusqu'au bout, et ainsi de suite et indéfiniment, de la sorte jamais la bande ne se bloquerait, jamais elle ne séquencerait de petits étages en s'enroulant de manière irrégulière, jamais elle ne risquerait la chirurgie d'urgence sans scalpel, sans tournevis, mais avec des ciseaux, un tube de colle, un bout de Scotch, des doigts maladroits.

Après l'absolu plaisir de la plus belle chanson de la cassette, celle qui justifiait l'achat de l'album, il aurait fallu s'infuser tout le reste, attendre près de quarante minutes le retour de l'émotion recherchée ? On s'ennuyait, c'est vrai, mais quand même pas au point d'accepter ces plaines mornes de musique non désirée. Alors on arrêtait la bande, on la faisait revenir en arrière, le compteur du magnétophone permettait de viser à peu près le point de départ et les ennuis arrivaient bientôt.

Il allait falloir sortir les outils, un stylo Bic en plastique jaune, le coincer contre les crans, et tenter doucement de venir à bout de la résistance. Si la bande cassait, il fallait ouvrir la cassette en deux, faire sauter les verrous de plastique, la scotcher délicatement, accepter qu'il manque une seconde à une chanson, ou que subsiste un grésillement, un blanc. Toujours le bricolage d'une cassette était le début de la fin.

Réécouter régulièrement la même chanson s'accompagnait de deux vœux : que la cassette ne se bloque pas, donc, et que le plaisir et l'émotion ne retombent pas trop vite. J'ai su très tôt qu'il ne fallait pas écouter n'importe quand sa chanson préférée du moment, ni trop souvent. Parfois ce n'est pas l'heure, les conditions ne sont pas réunies, vous êtes distrait par autre chose, ce n'est pas la chanson qui vous emporte, c'est vous qui vous êtes absenté tout seul et ce qui vous transportait ces deux dernières semaines est soudain devenu un fond sonore. Préserver l'émotion d'une chanson nécessite beaucoup de travail et de tact, la conscience qu'un cadre est nécessaire, une cérémonie peut-être. Parfois on sent confusément que la chanson n'est pas assez bonne, que l'élue de la semaine a été trop facile à aimer, trop vite, trop tôt, qu'elle est trop simple et ne tiendra pas longtemps si elle ne se fait pas rare.

Parfois vous aviez posé votre transistor à côté de votre traversin pour vous endormir et vos songes flottaient dans un moment de grâce, Michèle Abraham vous faisait découvrir un morceau à pleurer sur Europe 1, il n'était pas nécessaire de vous relever pour noter le titre de la chanson, vous ne l'oublieriez jamais.

Le voyage et la continuité manquaient à l'époque. Nous n'avions droit qu'à des bouts d'évasion, les chansons étaient coupées à la radio et elles ne s'enchaînaient jamais, dans le lit nous passions nos soirées à tourner les molettes entre les quatre stations périphériques, le doigt posé sur l'antenne cassée pour améliorer la réception, juste avant la découverte que les trombones enchevêtrés et reliés à la lampe de chevet métallique faisaient le même effet.

Nous rêvions des bals à l'adolescence parce qu'au sixième jour viennent l'espoir et le sentiment. Sinon cela n'aurait servi à rien d'inventer les slows, sinon le souvenir de la chanteuse en lamé un peu à l'étroit aurait eu l'air d'une boule neigeuse sur une étagère, alors qu'à cause d'elle on ne pourrait plus jamais écouter *Sister Jane* sans se sentir transpercé par la nostalgie, même au rayon outillage, quand la chanson est devenue une musique de supermarché, je me suis dit que je n'avais pas besoin de la cérémonie de la pénombre et du silence juste avant que les violons pleurent. *Sister Jane*, quand même.

J'ai souvent hésité entre la recherche du son pour moi-même ou d'une chanson pour une fille. L'onanisme musical requérait du matériel, une platine, un ampli, des enceintes lourdes sur lesquelles on s'asseyait les jours d'assemblée plénière, mais surtout une moquette qui remonte jusqu'à un mètre sur le mur, des boîtes d'œufs collées au plafond pour amortir le son – j'ai entendu des morceaux magnifiques massacrés par la réverbération mate des constructions des années 60.

Dans ce temple où l'injonction de ne pas entrer et de ne pas faire la poussière impliquait qu'elle s'accumulât, le seul chiffon invité passait sur le disque avant qu'on le pose délicatement, les doigts sur la tranche, mais ce serait mentir d'affirmer qu'on le rangeait chaque fois dans son emballage plastique transparent, on le glissait parfois à même le carton. Dans les séances d'écoute il n'y avait rien de plus décevant que les copains qui imposaient deux minutes de manutention obsessionnelle entre deux morceaux, l'air du temps suspendu retombait comme un soufflé flapi, la continuité des moments de grâce perdait le match contre l'enchaînement des temps morts, dont on savait la victoire quand l'un d'entre nous prononçait la phrase indiquant que l'on avait basculé du temps suspendu à l'heure qui tourne : bon, qu'est-ce qu'on fait ?

Dans nos maisons presque neuves de la fin des années 60, avec le garage au rez-de-chaussée, la salle à manger à l'étage où on ne rentrait pas parce qu'il aurait fallu glisser sur les patins et parce qu'il n'y avait rien à y faire, la chambre de musique sentait le fauve et le tabac froid. Quand une fille débarquait avec ses vinyles de Gérard Lenorman – et si elle avait envie de rester un peu elle apportait le double live de l'Olympia 1975 –, il avait fallu aérer tout le matin, pschitter de l'après-rasage qui nous servait au moins une fois par mois, faire des piles à défaut de tout ranger, débarrasser le lit, mais pas trop ; complètement, cela aurait été gênant, pas du tout cela aurait été idiot. Au fond, je préférais les filles qui assumaient Gérard Lenorman à celles qui faisaient genre avec Blue Öyster Cult qu'elles écoutaient d'un air déçu, comme si elles avaient confondu avec Barclay James Harvest. J'aimais aussi celles qui s'asseyaient sur le bord du tabouret en disant qu'elles avaient promis à leur mère qu'elles seraient rentrées à 4 heures. Et même si on ne comprenait rien à cet âge, disons à cet âge non plus, on sentait confusément, déjà, qu'il faudrait absolument tenter de découvrir, au moins métaphoriquement, celles qui cachent tout.

Le choix du disque était essentiel, mais c'est toujours la même chose, cela durerait des années encore, on ne savait jamais s'il fallait être vraiment soi-même ou plutôt quelqu'un d'autre. Est-ce qu'il fallait prétendre que l'on aimait Gérard Lenorman alors que *Horses* et Patti Smith passaient en boucle sur notre platine ? Tout était simple, au fond, on préférait écouter Gérard Lenorman avec une fille que Patti Smith tout seul, c'était un programme pour longtemps, jamais de sectarisme ni de mépris, la grande œuvre ou la bluette, l'éclectisme musical était une manière de tout embrasser. À treize ans naissait, en même temps que quelques poils, la sensation qu'il n'y avait pas de conquête sans stratégie. Pour que s'esquisse un rapprochement des continents, susciter au moins une ambiguïté qui nous ferait la semaine, il convenait impérativement de disposer d'un plan A et d'une face B.

Il y avait des disques interdits, des trucs que l'on n'était pas sûr de bien comprendre, parce que quand même. L'idée générale, oui. Les détails, un peu moins. Seul dans une chambre avec une fille, le groupe Il était une fois posait quelques problèmes. Il y avait la chanson, déjà, avec un truc dont les draps se souviennent, autour de laquelle il n'était déjà pas facile de faire la part de la métaphore et de l'erreur de manipulation, mais en 1976, avec *Toi et la musique*, ces jeunes gens avaient continué avec des vers d'une puissance poétique infinie qui nous laissait perplexes :

Souvent, quand la musique, la nuit
Au fond d'un lit
Fait ton corps violoncelle
Je deviens
Un très grand musicien.

Treize ans n'était pas tout à fait l'âge d'avoir des notions de solfège.

Le lieu de rencontre était toujours la chambre. C'était peut-être à cause des posters de Dominique Bathenay et de Kevin Keegan punaisés sur les murs, qui ressemblaient à une cible de fléchettes parce que les courants d'air et les portes qui claquaient en déchiraient les coins, mais l'endroit était moins intime qu'une salle de cinéma, il n'y avait pas ce frisson de la lumière qui s'éteignait religieusement, du moins pas à cet âge-là. Les copains vous avaient prévenu, il faut écouter la fille qui écoute la musique, oublier votre plaisir, les disques repassent plus souvent qu'Évelyne.

Vous vous demandiez pourquoi ils en avaient fait tout un plat, les filles étaient faciles à écouter. De toute façon, vous étiez bien obligé de les écouter quand vous n'osiez pas les embrasser. Vous formaliseriez, plus tard, que la capacité d'écoute reposait d'abord sur l'incapacité à l'action. Dans l'instant, vous n'alliez pas si loin, vous songiez seulement que ce ne serait pas pour cette fois mais que, du coup, tout restait possible, la vie était belle, vivement lundi.

Le plus souvent, cela vous suffisait. Le samedi soir, seul dans votre chambre d'où vous parvenait la rumeur du monde, vous vous demandiez où étaient les filles, celles de votre classe et celles inatteignables. C'est le samedi soir que les cœurs battent et sont à prendre, ils tournent en rond, se cognent à leur cage.

Le samedi soir, il y a des disques que l'on s'interdit, ils iraient par-delà la mélancolie, c'est une chose de la contempler en cherchant un reflet de soi, une vanité, mais ce n'est pas le jour ni l'heure de s'y enfoncer, la glissade serait aisée mais la remontée douloureuse.

Le samedi soir, j'avais envie du lundi, avais hâte de ma vie de cancre et du début de semaine happé par le gris. On grandissait en province avec la certitude que la vie était ailleurs, et quand on ne sortait pas de chez soi le samedi soir, on traversait ce trou noir en comprenant que la vie était en province, dans un ailleurs du bas de la ville, loin de cette chambre, ou du salon à regarder *Champs-Élysées* et Michèle Torr.

Cela aurait été Nicoletta, encore.

J'ai pensé à *Sister Jane* en voyant Nicoletta, il y avait un reportage dans *À bout portant*, il arrive que l'ennui et l'ORTF fassent œuvre commune. Elle ressemble à ma chanteuse en lamé du bal de Mézériat, mais je n'écarte pas l'hypothèse que Nicoletta soit le modèle original. C'est une répétition, une après-midi à Autun, le micro siffle, elle râle, engueule ses musiciens avec une gouaille de poissonnière et soudain sa voix est pure, elle entame une chanson rauque qui scotche le silence, le président du comité des fêtes se rengorge, glisse au personnel de balayer en silence les plumes d'oie du marché couvert où l'on installera les tables, tout à l'heure. Elle chantera pendant qu'ils mangeront et que d'autres danseront. Elle les insultera juste avant d'exhaler une chanson d'amour, le bruit des fourchettes et des conversations cessera de monter au plafond en même temps que la fumée des Gauloises et des Gitanes, la sueur lui viendra au front et collera ses mèches, le samedi soir est un combat mais c'est la vie même, le cœur battra moins fort le mardi au théâtre municipal où les premiers rangs resteront notablement assis.

J'ai toujours su que rien n'était pareil au samedi soir et que les chanteurs de bal laissent quelque chose d'eux-mêmes derrière eux, même si c'est la chanson d'un autre : quand on donne autant d'amour, on ne peut pas repartir avec.

Il ne me serait jamais venu à l'esprit de faire semblant de travailler un samedi soir. J'ai toujours envisagé la soirée du sixième jour comme une trêve me dispensant de mon organisation minutieuse, toujours un cahier ouvert, un stylo décapuchonné posé en travers de la page pour suggérer l'imminence d'une action, des cartouches d'encre usagées mais aux traces encore fraîches en évidence sur le bureau, quelques stigmates sur le bout des doigts, un livre d'histoire ouvert au bon chapitre, ce qui imposait de suivre en classe. Il m'a fallu des années pour faire croire que mes résultats scolaires épousaient mes limites, que rien de tout cela n'était ma faute, et quand l'idée a fini par faire son chemin, évidemment, j'ai envisagé la possibilité de faire croire le contraire.

Il n'était pas facile pour un fils de profs d'être un cancre. Les profs, les autres, ajoutaient des pages dans mon carnet de correspondance, on aurait dit un journal. Parfois, je ne sais pas pourquoi ils en faisaient des tonnes alors qu'ils croisaient mon père chaque jour, si cela avait été réellement important cela ne se serait pas passé comme ça. Je pouvais donc continuer puisque cela ne comptait pas vraiment.

J'ai même fait la grève contre la loi Haby. Je suis allé dans la rue chanter « Haby, si tu savais, ta loi, ta loi, Haby, si tu savais, ta loi où on se la met », et puis après je suis allé jouer au flipper avec Nicolas, dit Nicou, un gaucher, on prenait chacun un côté de la babasse et deux francs nous faisaient l'après-midi si le tilt de la machine n'était pas réglé trop finement. Ou alors on partait jouer au foot dans son jardin entre les deux cerisiers qui figuraient nos poteaux. Le principe général consistait à ne pas être où j'étais censé être et à rentrer en retard, c'est dire si mon action politique envisageait de changer le monde dans les plus brefs délais. Ma grève dans le lycée paternel traduisait une recherche obstinée des ennuis avec un taux de réussite remarquablement élevé.

J'ai fait la grève parce que j'avais un devoir à remettre que je n'avais pas fait, sûrement, ou pour la liberté de s'arracher à l'emploi du temps, ou parce qu'il faisait beau, ou par solidarité avec les étudiants qui en avaient après Alice Saunier-Séïté, je ne m'en souviens pas. Au cas où je me serait fait prendre, je portais sur moi un communiqué comme un laissez-passer qui m'accorderait une chance d'être pris au sérieux, il venait des profs eux-mêmes, ils annonçaient leur grève du 7 mai en contestant « la subordination de la formation des jeunes aux besoins immédiats de l'économie, et le renforcement de la mainmise du patronat sur l'école ». Moi aussi, pareil, un communiqué du syndicat des profs, c'était comme de la poésie, pas besoin de comprendre, il suffisait de ressentir l'appel à aller voir le monde de l'autre côté du mur, ces rues que nos déambulations réveillaient.

Un jour, bien sûr, mon père a appris que je n'assistais pas à un seul cours depuis deux semaines dans le lycée où il travaillait et j'ai été puni de ce que j'aimais, peut-être la télé, et si c'était le foot, le mercredi j'y allais en secret, je mettais mes affaires dans mon étui de guitare, je sortais en annonçant que j'allais faire de la musique chez un copain et je débarquais à l'entraînement où les autres trouvaient que mon sac était bizarre, quand même.

Enfin, c'était seulement si je n'étais pas collé. Le mercredi, pourquoi pas, on était aussi bien là qu'ailleurs, mais être assigné à résidence le samedi après-midi était une rupture du destin commun, la privation de la liberté que les autres avaient retrouvée à la sonnerie de midi. Au moins à l'armée, plus tard, je refilerais mes gardes à ceux qui ne pouvaient pas rentrer chez eux, pour le même prix je donnerais toutes les Gauloises que l'État m'allouerait pour m'inciter à commencer à fumer et résoudre à long terme un problème à la fois, les retraites plutôt que la Sécurité sociale.

Un jour de colle, j'avais écrit la composition exacte des équipes de tous les adversaires européens de l'AS Saint-Étienne depuis deux ans, et pour les Polonais du Ruch Chorzow ce n'était pas facile, les autres bagnards du samedi me regardaient avec un air bizarre. Ils me donnaient l'impression parfois d'être là pour moi, pour faire le nombre et composer un décor crédible. L'adolescence envisage tous les complots, célestes ou de noire magie, notre vision trop floue de notre place dans le monde et de son fonctionnement laisse un doute, dans quelques instants extrêmes, sur le caractère aléatoire de la vie et des destins, comme si tout était organisé, comme si les gens croisés dans la rue étaient là pour faire semblant de ne pas nous connaître et de ne pas savoir où nous allions.

La géographie était centrale dans ce monde étriqué, la lecture des résultats de Coupe d'Europe de football permettait de traverser les frontières sans bouger, on apprenait les villes européennes sans s'arracher aux pages sportives des journaux que l'on ouvrait en commençant par la fin ; à partir du moment où l'on comprenait qu'Arsenal et Schalke 04 n'étaient pas des villes, mais des clubs de Londres et de Gelsenkirchen, plus rien ne nous échappait, dommage que les profs ne nous aient jamais fait réciter, on savait que Lahti était en Finlande, Strömsgodset en Norvège, Pitesti en Roumanie et Zabrze en Pologne, et on ne se serait jamais trompés entre les villes de RFA et celles de RDA, pas besoin de voir une carte et de dessiner un rideau de fer ou un mur à l'intérieur de Berlin, il suffisait de lire dans *France Football* le classement des deux championnats, l'un au-dessus de l'autre, la frontière en ces colonnes était assez nette pour nous faire comprendre que Mönchengladbach et Magdebourg étaient issues de deux Allemagnes.

Pour s'évader il y avait le football vu comme un monde parfait et inaccessible, et à l'intérieur du football il y avait Saint-Étienne vu comme une ville fantasmée et mon club de Bourg-Péronnas pour appréhender le réel, parce que les grandes évasions attendraient et qu'il fallait bien commencer à fuir avant de partir vraiment. Mais c'était une drôle d'évasion que de jouer pour un club et de défendre chaque semaine le territoire que l'on avait envie de quitter.

On ne sait pas encore ce que l'on recherche mais on sait ce que l'on trouve. L'odeur de l'herbe coupée, les ballons lourds et déformés par l'hiver, les doigts gourds, le bonheur de l'attente et la cérémonie de la préparation du sac, et ce n'était pas uniquement parce que cela ressemblait à une valise et à un départ.

Je ne suis pas sûr que l'on recherche cette enfance, une quête d'ancienne innocence, plus tard, devant un match à la télé. On recherche peut-être la tranquillité, sûrement l'oubli. Mais il subsiste, du lien avec le football de l'enfance, l'idée d'une fraternité, l'odeur du vestiaire, l'excitation juste avant, dans le couloir qui mène à la pelouse ou au salon, et si on n'a plus à remonter nos chaussettes jusque sous les genoux ni à lisser un maillot mal repassé à trente secondes du premier coup de sifflet, nous réajustons les coussins en souvenir de l'idée qu'il nous faut être prêts pour le combat et nous montrer à la hauteur des équipes que l'on supporte, ces familles que l'on s'invente.

J'ai personnellement beaucoup souffert sous l'occultation. Les présidents de club des années 70, des visionnaires, vraiment, estimaient que la télévision vidait les stades. Ils n'avaient pas compris à quel point la médiatisation créait une culture en favorisant l'émergence d'un marché dominant. Alors, pour vendre quelques centaines de billets en plus les soirs de matches de Coupe d'Europe, ils réclamaient à l'ORTF l'occultation régionale : toute la France allait pouvoir suivre le match, sauf la région qui s'y intéressait vraiment. Je leur en veux encore de ces œillères, qui nous rendaient à l'obscurité, à un épisode de *Mannix* ou à un numéro de *Chefs-d'œuvre en péril*, partons immédiatement à Chenonceau pendant que le reste du pays vibre devant un match européen de Saint-Étienne. Si le lien social et affectif avait été vraiment important pour ceux dont la voix portait, ce supplice aurait été dénoncé à la mesure de nos souffrances.

Rien n'était annoncé, rien d'autre que notre tourment : la décision de la retransmission serait prise au dernier moment. La journée passait dans cette incertitude et ce supplice, on filait à 19 h 20 vers FR3 Rhône-Alpes pour voir le journaliste Paul Laporte apparaître au bord de la pelouse, et cette image elle-même creusait un abîme de désir, et bientôt de frustration désespérée, entre le décor de l'événement et le salon de ceux qui allaient en être privés. Il fallait parfois attendre la fin du journal de 20 heures, alors Roger Gicquel sur TF1 ou PPDA sur Antenne 2 finissaient par annoncer que le match ne serait pas diffusé. Ou alors si, et c'était la fête.

Un soir de Glasgow Rangers-Saint-Étienne, à l'automne 1975, l'occultation de la région Rhône-Alpes avait été annoncée dans *Le Progrès*. Des amis de mes parents avaient débarqué avec une télé portative noir et blanc, on l'avait installée dans la cuisine pour pouvoir en diriger l'antenne, la faire passer de l'émetteur du Pilat vers celui du col de la Faucille, et si la boussole disait vrai, la fenêtre de la cuisine était le point le plus proche de la montagne située de l'autre côté du département. Au bout de quelques minutes, les plus grands techniciens de leur génération, qui avaient du mal à faire démarrer une tondeuse, avaient accouché d'une image neigeuse qui dessinait un mouvement et établissait le miracle.

Je connais des gars de Firminy qui ont vu des matches des Verts au cinéma. Les jours d'école buissonnière ou de désœuvrement, ils venaient assister à l'entraînement des joueurs sur le terrain annexe du stade Geoffroy-Guichard, prenaient le trolley numéro 1 jusqu'à Saint-Étienne Bellevue, puis le tram, ou alors ils descendaient en bécane et en convoi, en Flandria, en 103 ou en Malaguti. Un jeune du collège du coin avait réussi, sur la foi de l'achat d'un appareil Canon AE1, à obtenir une carte de correspondant de presse qui lui donnait accès au bord du terrain, les soirs de match. Le lundi matin, il avait développé et tiré ses photos, et débarquait dans la cour où les autres sortaient leur argent de poche en lui posant la question : « Alors, t'as quoi ? »

Le fameux soir de Saint-Étienne-Kiev, les mômes de Firminy avaient acheté un ticket de cinéma au

Majestic, qui diffusait le match en direct, images de TF1, commentaires de Pierre Cangioni et de Jean Raynal. La salle était éteinte, mais c'est une façon de parler, le cinéma était un incendie, bourré jusqu'aux cintres, les drapeaux, les supporters en maillot, les chants ; la seule discipline accordée au propriétaire était d'aller fumer dehors. La tension et les cris étaient montés jusqu'à la prolongation, et au troisième but de Rocheteau qui avait qualifié les Verts, les gens étaient debout sur les sièges, hurlant, s'embrassant. Alors, affligé de ces comportements et inquiet pour son équipement, le patron du cinéma était monté sur la scène, avait fait rempart de son corps devant l'écran et imploré : « Arrêtez, je vous en supplie, les joueurs ne peuvent pas vous entendre ! »

Je ne me souviens pas vraiment d'avoir parlé des Verts avec les filles de 1976. Ou alors de Rocheteau, mais cela limitait une conversation, que l'on n'avait pas réellement envie de poursuivre tant il était dangereux de parler du beau bouclé au milieu d'une scène de séduction engageant un duvet sous le nez et quelques boutons. Nous évoquions plutôt notre grand départ planifié, à l'expiration du lycée, pour franchir les frontières de notre province et de nos adolescences, découvrir une autre notion du temps qui soudain passerait trop vite, ne plus attendre que le monde se manifeste sur notre palier pour comprendre que la vie est là, partout.

J'ai attendu les visites autant que les voyages. Une vedette venait un jour et on en parlait dix ans.

Dans une ville où rien ne se passe, nous époussetons des événements anciens qui l'ont arrachée à sa vocation de préfecture, nous érigeons dans notre mémoire provinciale le musée des éruptions qui en ont rompu l'ennui, nous en organisons régulièrement la visite à notre propre intention les jours d'enfermement.

Une année, Johnny et Sylvie se sont réconciliés sous nos fenêtres exactement. Johnny chantait à l'Eden, en haut de l'avenue Alsace-Lorraine, Sylvie était en tournée en Allemagne, et toute la presse populaire était chez moi, enfin en ville, enfin c'est pareil, dans l'attente du coup de fil de Sylvie qui devait notifier à Johnny la réconciliation ou la séparation. Quelqu'un avait dû donner à Sylvie le numéro de l'Eden – à la fois cinéma et salle de spectacles, où le rideau de publicités peintes tombait sur le devant de la scène, et quand il se relevait, on apercevait le fond du décor jusqu'à ce que le large écran blanc fût déroulé. À la fin de son tour de chant, Johnny, ses boucles collées par la sueur, avait enfilé un peignoir. Du couloir était venu l'annonce « un coup de téléphone pour vous, monsieur Hallyday », il avait fendu les cris, les couettes et les jupes écossaises dans le hall d'entrée. Johnny avait parlé à Sylvie pendant une demi-heure au téléphone de la caisse du cinéma, il était assis derrière le comptoir, là même où la dame qui ne souriait jamais sortait de sa machine des petits tickets crantés et numérotés de trois couleurs, à cause des réductions.

Mike Brant avait eu son accident chez nous, sur la route d'un récital, on l'avait vu à la une de *France-Soir* sur son lit de douleur, gisant avec un bandage autour de la tête, mais c'était une escroquerie de son manager à un moment de sa carrière où il peinait un peu, l'accident était réel, mais ni la douleur ni les bandages, on aurait dû collectivement porter plainte, avertir le monde que la ville dont on parlait dans les journaux n'était pas coupable, il y avait tromperie sur nos routes, il n'avait même pas mal. Il faudrait toujours se méfier de l'imprésario d'un homme qui chante des chansons d'amour en phonétique.

Pour les accidents, on avait le grand prix moto sur le circuit des Vennes, à la lisière de la ville, il traversait la forêt et des zones pavillonnaires, les exigences de sécurité permettaient à des copains de ne pas venir en classe le vendredi qui précédait, ils prétendaient être coincés à l'intérieur du circuit, c'était une excuse comme une autre, ils pouvaient aussi affirmer que le bruit des engins les avait empêchés d'entendre leur réveil, le champ des possibles était plus large que la ligne droite qui menait les pilotes à la forêt. Dans la chicane cruelle, tout au bout, des fleurs étaient déposées chaque année, on les voyait faner en allant se promener le dimanche, on se demandait si le pilote était mort sur le coup ou plus tard, c'est-à-dire à l'endroit des fleurs ou ailleurs, c'était notre éveil à la métaphysique.

Il y avait plus joyeux, plus fantasmatique. On disait que, lorsqu'elle visitait des amis dans la région, peut-être des relations héritées de son mariage avec Vadim et de ses longues nuits parisiennes, Jane Fonda faisait ses courses à la pâtisserie du Prieuré où la bourgeoisie bressane attendait son tour pour une brioche à la praline qui ornerait le thé de cinq heures. En rentrant de l'ABC et de la séance d'art et d'essai du mardi soir où j'avais vu *Coming Home*, le beau film de Hal Ashby où elle avait une scène d'amour avec Jon Voight en vétéran tétraplégique pendant que la guitare de Neil Young pleurait *Expecting to Fly*, j'avais décidé de passer plus régulièrement devant le Prieuré, quand même, parce qu'il est tentant de rêver aux femmes magnifiques qui aiment les causes perdues.

Les visites étaient annoncées par les affiches derrière les vitres des cafés, ou alors collées sur les platanes le long des routes. Un mois avant un concert de Julien Clerc au Parc des expositions ou de Véronique Sanson au théâtre, on se disait que, peut-être, et c'était plus doux que d'avoir peur que non. On passerait ce mois-là à ne pas oser demander l'autorisation d'y aller, à attendre un miracle de dernière minute, un courage inattendu, pour finalement trouver un prétexte, un devoir tardif, pour une absence d'une heure après le repas du soir afin de s'approcher de l'événement.

Ce sentiment, en dévalant les rues vides, que toute la ville est là-bas, les voitures mal garées à l'approche, la rumeur des basses et des applaudissements – et à vélo on peut zigzaguer jusqu'aux hublots le long du hall de concert. Ils sont tapissés de papier occultant, on ne voit rien de ce qu'il se passe à l'intérieur, il faudra attendre la photo du journal le surlendemain pour savoir la chemise noire, l'écharpe blanche satinée, mais il fallait être là où quelque chose se passe, ou alors juste à côté, derrière le mur comme on écoute aux portes, avant d'en partager déjà la nostalgie en traversant la ville dans l'autre sens en dribblant les lampadaires.

Véronique Sanson, au moins, je l'ai vue au théâtre. J'ai toujours eu envie que le voyage fasse une différence, qu'elle n'oublie pas ce mardi soir au théâtre municipal, qu'elle se souvienne de nous, que nous ne soyons pas le même public que les autres villes de province où elle se réveille dans la confusion. Que l'atmosphère par nous créée lui soit une escorte douce quand elle reprendra d'autres routes anonymes pour chanter dans d'autres théâtres sans nom.

Plus tard, beaucoup plus tard, entré dans la vraie vie et dans le journal de ma ville alors que l'adolescence m'était passée, j'ai vu Francis Perrin faire halte à Bourg et s'en souvenir. Cela ferait plus chic de raconter une histoire pareille avec Pete Doherty, après qu'il a détruit sa chambre de l'hôtel de France au milieu des années 2000, mais Francis Perrin remplissait les salles de cinéma et les théâtres au début des années 80, quand il est venu au théâtre municipal, chez nous. Dans l'après-midi, son agent ou les patrons du théâtre avaient organisé son passage au journal, qui avait mis les petits plats dans les petits, mais c'est ainsi que l'on aimait nos fins d'après-midi, avec du saucisson de la charcuterie d'en bas, pas trop sec mais en tranches fines, du cerdon naturellement rosé dont un de nos correspondants du Bugey était le producteur. Francis Perrin était venu pour un quart d'heure, et puis nous avons fait durer l'affaire, parce qu'il faut être pressé dans ce métier pour bien travailler, et qu'on était rarement pressés avant que 19 heures sonnent. Un verre, deux verres, de bonnes histoires, et un type charmant et plein de vie venu directement de la télé du dimanche soir à notre apéro du mardi après-midi, et qui a commencé à se sentir bien. Il a fini par être pressé avant nous, il avait one-man-show au théâtre municipal et a lâché : « Bon, vous êtes tous invités ce soir, bien sûr... » On était là. Certains d'entre nous sont allés dîner avec lui. Le lendemain, il a joué au tennis avec un copain, n'avait plus envie de repartir sur les routes, pourtant il filait seulement à Mâcon, la porte d'à côté.

Nous n'avons plus eu de nouvelles. Pas un coup de fil, pas une carte postale. Deux ans après, me voilà au cinéma, un mercredi après-midi, juste à côté du journal, il y avait un film de Francis Perrin à l'affiche, *Télérama* n'avait rien écrit de bien, l'office catholique affirmait qu'on pouvait y aller ; il fut un temps où le « pour tous » était décourageant, le « pour adultes et adolescents » annonçait du convenu, le « pour adultes » était bien plus incitatif, mais le « pour adultes avec réserves » sentait le soufre et la scène d'amour – et si c'était parce que le sang giclait, pas de bol, c'était bien la peine de regarder jusqu'au bout. Francis Perrin, c'est pour tous, sauf quand il déshabille doucement les jeunes premières de ses films du dimanche soir ; à quatorze ans on était sûr que c'était pour cette raison qu'il passait du théâtre au cinéma, alternait les planches et les jolies courbes.

Plus tard, la critique écrirait sûrement que si on avait manqué le début ce n'était pas bien grave, mais on s'en fichait, il n'y avait pas de raison de ne pas voir un mercredi après-midi un film du dimanche soir, à trois nouveautés par semaine on ne risquait pas d'être exclusif. Faute de renouvellement de la programmation, surtout pendant l'été, il a fallu un jour voir *On l'appelle Trinita*, mais on aurait dû y aller avec des copains pour moquer le bruitage des coups et trouver ça bien quand même. Avec une fille, c'était un mauvais choix, cela annulait le facteur Gérard Lenorman. Un film avec Bud Spencer et Terence Hill en attendant un moment romantique pour toucher le bout des doigts de votre voisine, c'était à coup sûr un destin d'enfant perdu de la tendresse du mercredi après-midi.

Ce jour-là, donc, les aventures de Francis Perrin au cinéma étaient loufoques, il les partageait avec une héroïne parce que la vie était bien faite, et soudain, poursuivis par des personnages plutôt méchants drôlement que drôlement méchants, Francis Perrin s'arrêtait à un carrefour, se tournait vers sa passagère, et lançait cette réplique immédiatement entrée dans l'histoire du cinéma : « Alors, Bourg-en-Bresse ou les Bahamas ? »

Nous nous souvenions d'avoir vu passer le monde, c'était dans l'ordre des choses, du mouvement des astres et de leurs satellites, et cette fois le monde se souvenait de nous, il s'arrêtait sur le palier, et tant pis si l'auteur avait joué sur le contraste entre la préfecture de l'Ain et les plages bahaméennes, nous étions dans la même phrase, au cœur d'un suspense haletant. Personne ne savait mais nous, si.

Toutes les enfances, sans doute, s'amarrent à ce destin de vigies qui ne scrutent pas seulement l'univers lointain, mais le monde d'à côté, les révisions du BEPC qui se mélangeaient aux boums, les matches de foot avec les copains dans le jardin ou de ping-pong dans le grenier, les rencontres fortuites avec les filles du lycée dans la vraie vie, à cet âge les équilibres vacillent vite et le printemps n'arrange rien, les robes, les jambes nues, retrouver une fille de la classe à la piscine découverte sans savoir ce qui de l'effet du froid ou de la chaleur sur son corps est le plus bouleversant.

Le monde proche et l'univers lointain étaient délimités par la frontière qui séparait l'accessible de l'inaccessible. C'était assez basique : ce qui passait dans la rue était proche, ce qui passait à la télé était lointain. Mais la proximité des Verts sapait le fondement de ce mur qui participait de notre enfermement. Avec eux naissait l'impression que le monde lointain passait plusieurs fois dans la rue et qu'il reviendrait dans deux semaines.

Ce n'était pas une soirée dans notre vie dont le héros ne se souviendrait pas. La Coupe d'Europe de football est une épopée qui transcende les territoires mais les Stéphanois sont comme les autres. Ils ne veulent pas seulement partir en conquête. Ils désirent que le monde vienne à eux et sache où ils habitent.

Un jour, enfin, je suis allé à Saint-Étienne. Je n'ai sans doute pas besoin d'une photo pour le savoir. Puisque l'Europe entière m'a accompagné, le sentiment est venu que la vie commençait, qu'il suffisait d'ouvrir la porte.

La nuit revient bientôt
Pour éteindre le feu de ma peau

Mike Brant, *Mais dans la lumière*

À l'été 1976, le cinéaste Yves Boisset a tourné *Le Juge Fayard, dit le Shérif* dans les rues de Saint-Étienne. Le long plan-séquence qui ouvre le film surplombe la ville, explore les rues sombres, les barres d'immeubles et les friches industrielles, donnant à voir quelque chose d'une géographie sociale. Il faut connaître Saint-Étienne pour le reconnaître, il ne s'en dégage pas d'autres signes particuliers que les hautes cheminées de ses usines et de rares terrils, la caméra a évité les chevalements qui restent encore debout. Face à cette vue d'en haut, le spectateur français moyen assis dans son fauteuil de velours rouge ou de skaï marron doit avoir la même impression d'une ville interchangeable et grise que devant la scène d'ouverture d'un film américain, lorsque le générique fait défiler une ville qui ressemble à Buffalo, ou à Pittsburgh, ou à l'idée que l'on s'en fait, n'importe quel ailleurs familier.

Le Juge Fayard montre aussi l'intérieur des murs et l'intérieur de la vie. Il rappelle qu'en 1976 les 4L se garent n'importe où, les gens s'appellent par leur nom de famille au boulot et les jeunes se disent « mon vieux », les serveurs ont une cravate noire et une chemise blanche, les distributeurs de cacahuètes salées sont sur le comptoir des cafés à côté des œufs durs disposés en roue, ils attendent une pièce d'un franc, il faut tourner la manette, placer une soucoupe dessous, aller chercher avec le doigt les cacahuètes récalcitrantes, et ensuite ne pas s'étouffer avec l'enveloppe de l'arachide. Les gendarmes escortent les voleurs avec une 403 commerciale, comme on disait des breaks conduits par les parents de familles nombreuses qui attendaient plus longtemps que les autres à la sortie de l'école.

L'acteur principal du film, Patrick Dewaere, était largement plus fou tout seul qu'une équipe tout entière, les nuits stéphanoises s'en souviennent, une aube fatiguée de 1976 l'avait vu traverser la ville dans une équipée brindezingue et arracher une à une les affiches d'un concert de Julien Clerc qui était le nouvel amoureux de Miou-Miou. Il descendait au couchant, remontait au jour, au milieu creusait sa tombe, les ouvriers du fond auraient tout compris de sa grâce cabossée.

Ils estimaient que la vie réelle avait besoin d'une allégorie qui donne un sens à leurs douleurs, et c'est ainsi qu'ils scrutaient les Verts, quêtant le labeur, suspectant une indolence. Les joueurs aux pieds carrés et aux maillots trop propres, la foule les envoyait à la mine. Alors ils se seraient croisés, les punis à l'approche d'un univers inconnu, leurs supporters poussés hors d'un monde bientôt perdu.

La foule leur demandait d'être sales, avait en détestation les maillots immaculés des précieux, elle voulait voir la sueur et la peine, elle ne payait pas pour s'évader mais pour s'identifier, elle cherchait dans l'effort des autres la reconnaissance du sien, s'accrochait à ce miroir et envisageait une appartenance de l'ordre du travail et de la ville, un cousinage entre ceux qui extrayaient le charbon dans la nuit des entrailles de la terre, et ceux qui couraient sous la lumière.

À chaque nouvelle diffusion du *Juge Fayard*, les vieux Stéphanois murmurent qu'ils ne se souvenaient pas que la ville fût si noire, qu'elle portât sur ses murs tant de stigmates de fumée et de poussière de charbon. Le passager Albert Camus n'avait vu qu'un désespoir en traversant la ville par le cœur, mais un cœur brisé, et sa description était une blessure. « Si l'enfer existait il devrait ressembler à ces rues interminables et grises. Un pareil spectacle est la condamnation de la civilisation qui l'a fait naître. Un monde où il n'y a plus de place pour l'être, pour la joie, pour le loisir actif, est un monde qui doit mourir. Aucun peuple ne peut vivre en dehors de sa beauté. Il peut quelque temps survivre et c'est tout. » Il ne condamnait pas le peuple mais c'est le peuple qui en avait été blessé, et ce n'était pas à l'inesthétisme ou à la laideur qu'il lui avait été le plus difficile de survivre. Pour ce peuple les murs avaient été moins sombres que le siècle.

Ce printemps 1976 rendait la ville belle et vibrante, et ce n'était pas la saison, car au-delà des feuilles nouvelles des platanes de la place Jean-Jaurès, il fallait s'extraire du cœur de la cité pour trouver la couleur, les pétales qui rappelaient avril et annonçaient mai ; c'était le football, et plus que le football, cette fierté d'habiter la ville qui suscitait un orgueil français. Au vrai, ce n'était qu'une atmosphère, une couverture de bonheur par-dessus un ciel sombre, mais elle amendait la carte de la ville, elle la rebattait, alors que les traminots étaient en grève, que la mine fermait et que Creusot-Loire réorganisait.

C'était la ville qui avait permis les exploits, même Giscard en avait convenu courant avril, quand il avait adressé un télégramme après la qualification pour la finale, à Eindhoven, il avait été très clair : « Merci Saint-Étienne d'avoir amené la France en finale. Très cordiales félicitations. » Il félicitait la ville, ni le président, ni l'entraîneur, ni les joueurs, il ne se trompait pas de corps, ni d'identité, plus tard les clubs seraient plus forts que les villes, mais là c'était clair, il y avait la France, et au milieu de la France il y avait Saint-Étienne, c'est tout.

Le 1er Mai avait ralenti la vie, d'ailleurs chacun s'arrêtait à chaque carrefour, en sortant de l'église ou du défilé, pour un brin de muguet, deux ou trois cloches et une large feuille tenues par une ficelle, mais si cela avait vraiment porté bonheur, depuis le temps, pauvre siècle, quelqu'un aurait sûrement fini par s'en apercevoir. C'était le jour où ceux qui sortaient prendre l'air croisaient ceux qui défilaient en chantant, la CGT célébrait une mobilisation sans précédent, il y avait foule comme un lendemain de victoire alors que ce n'était pas demain la veille ; le jour d'avant les lendemains qui chantent, il y avait les slogans que l'on criait et qui s'étranglaient au bout de l'avenue, sur ce cours Fauriel qui était large, le Tour de France ou Paris-Nice venaient y régler leurs sprints en légère montée, les aristocrates de l'emballage y recevaient leur bouquet après avoir extrait un peigne de la poche arrière de leur maillot pour que la photo soit belle et que la Miss

Forez, à l'instant des deux bises, oubliât un peu la sueur et la poussière noire charriée par le vent.

Le 1er Mai était une fête du Travail concurrente pour une ville qui s'était toujours levée pour célébrer la Sainte-Barbe, la patronne des mineurs et des pompiers qui avaient eu si souvent vies liées. La Sainte-Barbe, la fanfare et les mineurs en dimanche, c'était quelque chose, mais sous Giscard c'était devenu une revendication autant qu'une fête, un défilé quasi syndical d'un monde ancien qui se battait pour travailler encore. La Sainte-Barbe c'était depuis toujours, et la mine à Saint-Étienne c'était quelque chose ; même si Émile Zola avait situé *Germinal* dans le Nord, on dit qu'il s'était inspiré de la fusillade à la tranchée du Brûlé, en 1869, l'année où les grévistes avaient été emmenés à la prison de Saint-Étienne.

Franchement, il aurait fallu se douter que quelque chose se tramait quand la Sainte-Barbe avait été écartée du calendrier romain en 1970, on rigolait que personne ne s'appelait Barbe sauf dans la famille Rousse, mais ce n'était pas sympa pour les Barbara abandonnées par le calendrier des postes et des pompiers avec les photos des petits chats. On laissait les mineurs fêter un saint fantôme et oublié, alors oui, il aurait fallu se douter.

Défiler chaque 4 décembre permettait d'honorer les anciens et de rappeler la force d'un métier bientôt perdu. C'était la fin. L'abandon de la sidérurgie à l'Allemagne avait précédé les faillites et les regroupements, Creusot-Loire maigrissait à vue d'œil, les ouvriers de Peugeot Saint-Étienne étaient sacrifiés à petit feu pour leur rébellion de 1973 après la grève cassée par quatre-vingts miliciens en treillis payés par Montbéliard, et le Programme commun dessinait l'avènement du socialisme par la voie politique plutôt que par la lutte syndicale. Le 1er Mai brandissait un drapeau rouge, mais la Sainte-Barbe agitait un drapeau blanc. Il allait falloir se rendre à l'évidence, d'abord, puis se rendre tout court.

Ce que le football cachait le mieux, c'était le crépuscule d'une certaine culture du travail et du loisir ouvrier. Mon arrière-grand-père, Léonce, donc, avait ses élégances de fin de semaine après la guerre et jusque dans les années 50 quand il sortait pour aller jouer aux boules, le septième jour. Il pratiquait cette lyonnaise qui présente la même différence avec la pétanque que le pastis avec le sirop d'anis : ni le même goût ni le même principe. Presque chaque bar avait son clos dans la cour intérieure, les jours de pluie on jouait à la coinche mais on buvait la même chose, pourquoi changer ? Lui, c'était un communard, vin rouge et crème de cassis. Les jours où les nombreux communards lui donnaient des envies d'assaut, il rassemblait les patriotes de la grosse boule, préparait la cérémonie, et ils partaient en procession pour aller embrasser Fanny, parce que c'était la tradition quand la quadrette battue n'avait pas marqué le moindre point ou parce que le rouge monté aux joues avait suscité ces emportements tendres et brindezingues ; à genoux, les uns après les autres, ils baisaient respectueusement les fesses du moulage en bronze, passaient un chiffon après chaque marque de tendresse, moins par crainte des microbes que parce qu'ils n'avaient pas tous bu la même chose, et Fanny finissait par rejoindre le mur, petit tableau accroché, phare des fins d'après-midi, le séant perpétuellement offert à un digne représentant des travailleurs chrétiens qui viendrait lui faire hommage.

Ces jours de défilé rappelaient mai à son destin de mois de la mémoire et des semaines raccourcies. Le 1er Mai, la France parlait un peu moins des Verts, il n'y avait pas de journaux, le 2 mai était un dimanche, on se retrouverait vraiment le lundi 3, le programme télé annonçait *Midi Première* avec Patrick Juvet, *La Tête et les Jambes* en soirée, et sur la trois Alain Decaux racontait, et juste en dessous du programme, dans l'édition de la Loire, un encart décrivait des affaires en or aux Dames de France, à Saint-Étienne. La vie, en somme.

Le 1er mai, à onze jours de la finale de la Coupe d'Europe à Glasgow entre l'AS Saint-Étienne et le Bayern Munich, l'exode se préparait, en avion, ou en car et en ferry, il y avait même deux frappadingues qui remontaient l'Europe à vélo, ils appelaient la maison quand ils trouvaient une cabine, tous les deux ou trois jours. Pendant qu'ils pédalaient d'allégresse, les ateliers de la ville passementière et les rubaneries étaient bientôt à court de tissu vert, trop de drapeaux, trop de calicots sur les voitures et dans les vitrines, et un fabricant de bretelles vertes embauchait comme à l'époque du plein-emploi, il en vendrait cent cinquante mille paires, soit trois cent mille bretelles à l'unité – mais c'est seulement pour donner une idée de la quantité, personne n'achète de bretelle une par une. Les grands magasins et les associations de commerçants du centre-ville offraient des voyages à gagner, jusqu'au 10 mai. La veille de la finale, des familles ont appris qu'elles pouvaient faire leur baluchon et passer à la Caisse d'épargne demander des *traveller's cheques*. Allez, tous à Glasgow !

Et personne à Saint-Étienne ? Il ne manquerait plus que ça. Il en restait le cœur, ceux qui partaient en conquête en se levant chaque matin pour se rendre au même endroit, ceux qui montaient au turbin et ceux qui descendaient au chagrin. Là-dessous, tout en bas, où le vert le plus éclatant se serait confondu avec les ténèbres, un monde était en train de disparaître, ils étaient vingt-quatre mille six cents mineurs dans la Loire en 1946, mais cinq mille seulement en 1967, et dix fois moins désormais, tout cela parce qu'au kilo thermique le charbon polonais était moins cher que le ligérien du Forez et de l'Ondaine, c'était ce qu'ils disaient quand ils convoquaient les délégués du personnel. Mais du charbon, il y en avait encore de partout, les gars se racontaient l'histoire de cette femme qui venait elle-même chercher son charbon de chauffage à la sortie d'un tunnel de chemin de fer, et elle en était morte, pas parce qu'elle avait été écrasée par le train, non, mais parce que, à force de tailler dans la colline pour remplir son seau en acier, des gros blocs s'étaient détachés et l'avaient engloutie.

La reconversion était le mot qu'ils prononçaient à voix basse, beaucoup y avaient cru, dès l'affiche jaune de 1967 qui la première avait incité aux départs. On leur promettait quatre-vingt-dix pour cent du salaire la première année, plus une petite somme qui permettrait de changer de voiture, ils continueraient dans leur nouvelle usine de cotiser pour leur retraite de mineur. Mais, après, les gars des Houllières étaient venus mesurer les appartements gratuits des reconvertis, ils avaient fait leur calcul, et désormais il fallait payer un loyer, d'ailleurs il fallait tout payer, même le docteur, même les médicaments, alors, en 1971, ils avaient maintenu le régime minier pour les partants, ils avaient ajouté trois mille francs, mais personne n'était vraiment gagnant, sauf pour la santé, si du moins en changeant d'industrie on ne se reconvertissait pas de la silice à l'amiante, d'un poison mortel à l'autre.

Du charbon, de la flamme et de l'acier, du cœur à l'ouvrage et de la sueur, quelque chose d'un enfer mais cette fois pour les autres, le surnom de chaudron pour le stade Geoffroy-Guichard était une signature dans cette ville où, lors du premier match de Coupe d'Europe en 1957, disputé dans l'après-midi faute d'éclairage au stade, les salariés avaient été mis en congé exceptionnel par leurs employeurs.

Pour tout le monde, il valait mieux une signature ou un symbole que la réalité, et pour que l'image reste, Ivan Curkovic, le gardien yougoslave, avait posé avec le marteau-piqueur, et Robert Herbin, l'entraîneur, avait porté l'habit de mineur et une lampe Davy à grillage fin. L'identification réciproque nécessitait d'endosser la peau de l'autre, l'habit de lumière et le bleu des ténèbres.

La rumeur du stade et le bruit du fond se mêlaient dans une semaine ouvrière, et cet écho monté des entrailles de la ville comme des populaires, ces gradins debout en pente douce derrière chaque but, devait accompagner un jeu comme une parabole ou comme un hommage, à la surface du monde où coulait la sueur et remontait le charbon.

Au vrai, le mythe de la mine ne ressemblait pas à ce qu'ils vivaient, l'imagerie était celle du héros avec son outil, mais les photos ne captaient que les zones de sécurité, à cause des flashes et des dangers, et la parole ne s'exprimait pas, personne n'avait envie de rapporter l'humiliation et la souffrance à la surface. Il aurait fallu décrire une émotion plutôt qu'un savoir-faire ; alors, le geste du piqueur, oui, mais ils disaient qu'il fallait descendre pour se rendre compte, ramper dans les tailles, s'écorcher au charbon qui, en pénétrant sous la peau, faisait une marque bleue comme un tatouage. On ne risquait pas de raconter une sensation avec peu de mots, alors tant pis, va pour la photo du mineur en slip, botté, casqué, debout, et l'image de la dureté comme une vertu plutôt que celle de la souffrance et de l'inquiétude.

Parce que tout bougeait, là-bas dessous. Un soir ils remontaient d'une galerie de trois mètres de haut, et le lendemain il en restait à peine un mètre, il fallait recommencer, ramper, et il y avait ces jours à pressentir que cela allait craquer, que le bois des soutènements allait se briser comme mille allumettes. Ils disaient que ç'avait « donné aux poules » toute la nuit, parce que c'était le bruit des craquements, comme un poulailler, qui annonçait le mouvement de terrain.

Le tout-moderne, le tout-en-acier, c'était moins dangereux, quand même, mais la sécurité avait gagné quand les mineurs avaient perdu, quelle ironie.

Dans les veines de dessous la terre stéphanoise, l'eau était partout. Elle coulait sur les blocs de pierre pour écouler la silice quand on attaquait la roche, l'éloigner des poumons, un peu, elle envahissait des galeries, et elle était bue, parfois, même mauvaise avec son goût de terre. À trente litres par jour pour étancher la soif de quatre, on ne pouvait pas être regardant dans cet air vicié, par ces trente-cinq degrés qui en paraissaient cinquante, où ils bossaient à poil, « avec juste une corde autour du machin », ils disaient.

À la surface, ils poussaient ensemble derrière les Verts. À la maison, étaient les femmes, femmes de mineurs, femmes de seigneurs – mais le mot était venu des seigneurs plutôt que des femmes, peut-être. À cinquante ans, s'ils avaient gagné à la loterie en évitant la silicose, les mineurs de fond pouvaient être supporters des Verts à mi-temps et jardiniers des parcelles ouvrières, alors que les mineurs de jour devaient attendre cinquante-cinq ans pour se reposer un peu. Femmes de mineurs, femmes de seigneurs. Dans la maison des Houllières, elles les réveillaient avant qu'ils embauchent, pour 6 heures, 14 heures ou 22 heures, poste un, poste deux ou poste trois, ils ne voulaient jamais changer de rythme, la plupart d'entre eux devenaient subitement malades quand il fallait décaler le sommeil de surface et le chagrin des profondeurs. Il fallait être du matin pour aller voir les Verts ; la nuit serait courte mais la soirée était possible. Récupérer son jeton sur la tringle pour remonter, reposer sa lampe à la lampisterie, le jeton juste au-dessus. Un jour qu'un mineur de Couriot n'était pas rentré, sa femme était venue dire qu'elle savait qu'il aimait boire son coup jusque tard, mais qu'il finissait généralement par apparaître, alors que là, non, même si les Verts avaient gagné il n'aurait pas fait ça, et ils avaient vu que le jeton manquait, le gars n'était pas remonté, ils l'avaient retrouvé sous un éboulis, coincé mais vivant.

Les femmes étaient les filles des clapeuses qui avaient séparé le schiste du bon charbon, qui avaient sorti de beaux morceaux sous leurs jupes truquées, qui avaient travaillé au vent de l'hiver, et qui, par grand froid, faisaient attention à ce que leur peau ne reste pas collée sur le charbon gelé. Pour respirer les fumerolles les jours de coqueluche, elles escaladaient les crassiers avec leurs enfants, ces montagnes à combustion lente que leurs hommes appelaient les Mamelles de Saint-Étienne, les Seins de la Négresse noire, les Tétons de Vénus, les Tripes de grand-père.

Pendant que l'Europe apprenait à situer Saint-Étienne sur la carte, un point sur le Vieux Continent, il y avait à l'intérieur de ce point cent quatre-vingt-neuf petits points qui désignaient les puits passés et présents dans la ville et alentour, un plan des reliefs visibles et invisibles de la ville. Les mineurs vivaient la fin d'un monde et d'un métier. Ils n'étaient pas libérés de leur esclavagisme, ils en étaient dépossédés. On leur avait dit que c'était fini, le puits Couriot avait fermé en 1973, et puis l'augmentation du prix du pétrole avait vu les mines réembaucher un peu, et le puits Pigeot à La Ricamarie continuait de produire. Ils se disaient : vous voyez, ils ne peuvent pas se passer de nous, ils ont besoin de nos bras, notre charbon est beau comme de l'or noir.

Noircis uniformes, nus au tréfonds où la chaleur de l'enfer dépassait les trente-cinq degrés, ils vidaient trois fois par jour leurs bottes de leur sueur, ne supportaient pas les gants, à peine les casques, s'ils les portaient toujours sur les photos c'était justement pour les photos, elles montraient l'effort organisé, la galerie rangée, des mensonges : au vrai, les fils électriques et les tuyaux étaient enchevêtrés, et ce travail d'équipe ne soustrayait pas à la grande solitude, ces entrailles n'étaient pas toujours habitées, lorsque l'on ratait la benne, il fallait parfois marcher trois kilomètres pour rejoindre son poste de travail sans croiser personne ; de la recette du puits jusqu'au chantier, la majeure partie des mines étaient des galeries vides où les matériaux et les hommes ne faisaient que passer, des kilomètres au centre de la terre.

Ils vivaient sur un fil, la poussière de charbon pouvait finir dans un mouchoir, mais ils portaient le groin quand ils s'attaquaient au rocher, la poussière de grès aussitôt respirée envoyait des éclats de silice comme du verre pilé dans les poumons. Ils vivaient avec un danger qui n'avait pas de forme, dans une mine le plus gros tonnage n'était ni le charbon ni l'eau, et les ingénieurs avaient quand même calculé qu'il fallait quatre cents litres d'eau au mètre carré pour arrêter les flammes, non, le plus gros tonnage, c'était l'air, la poussière se comportait comme un gaz et le coup de grisou provoquait le coup de poussière.

Les affichettes de sécurité étaient collées dans la salle des pendus, où les affaires montaient au ciel par une corde, et chacun priait pour que les mêmes les fassent redescendre.

Les manèges à faire peur ne risquaient pas de soulever le cœur de ceux qui descendaient à soixante dans une cage à deux étages, trente en haut, trente en bas, à mille mètres de profondeur, et s'il y avait un nouveau, tout le monde savait ce qui se préparait, des gars criaient « Abats le coup ! », alors le mécano lâchait toute la pression, la cage chutait à seize mètres seconde, les anciens rigolaient, mais le môme qui sortait de la cage en titubant avait laissé son estomac au jour. Au fond tout le monde vivait ensemble, mais à la surface la crise du pétrole en 1973 avait changé le regard, ceux qui avaient partagé le pain dans les ténèbres reprochaient aux derniers arrivés qu'il n'y en ait plus assez pour tout le monde. Pourtant ils en étaient eux aussi, ils appartenaient à cette terre pour l'avoir fouillée de leurs mains, la deuxième génération avait enfin le même accès à l'école, à l'éducation et aux loisirs, mais la mémoire collective de la mine les nierait.

Au stade ils se retrouvaient, les ouvriers et les mineurs dans les populaires, les cadres dans les tribunes latérales, la géographie de Geoffroy-Guichard maintenait les frontières entre les territoires. « Tribune populaire », c'était marqué sur la contremarque, c'était le nom officiel ; on n'oserait plus stigmatiser une classe ou officialiser l'idée de réunir le prolétariat au même endroit, mais on osait alors, peut-être en prétendant que ce qui était populaire était aimé, et puis c'était de là que partait la chaleur, c'était la flamme qui entretenait le mythe du chaudron, cette carte postale d'un lieu où passe le souffle d'une ville de charbon et d'acier.

Ils criaient « À la mine ! », oui, mais c'était difficile à scander, ils envoyaient l'homme au sifflet là où même le roi devait aller à pied (« aux chiottes l'arbitre »), ils émettaient des doutes publics sur le bonheur conjugal d'un adversaire franchement verni (« il est cocu »), mais le cœur de leur répertoire était ailleurs.

Personne ne savait qui avait inventé le texte, personne ne l'avait déposé, les chants qui partaient des tribunes ne franchissaient pas l'après-midi, parfois, d'autres survivaient longtemps sans que l'on sache pourquoi. « Qui-c'est-les-plus-forts-évidemment-les-Verts » était une riche alternative à « Allez les Verts », mais ce n'était pas assez long pour un couplet et c'était même très court pour un refrain. C'était un chant sans notes, surtout, ou plutôt d'une seule notes. Le peuple criait en morse : ta, ta, tatata, tatatata, tata. Au printemps 1976, l'air du temps était traversé par ces mesures que les autorails klaxonnaient quand ils se croisaient entre Perrache et la gare de Châteaucreux. Les tramways jaune et noir faisaient moins de bruit, les tramways étaient en grève en ce joli mois de mai. C'était à Saint-Étienne que les traminots travaillaient depuis le plus longtemps. La ville qui avait inventé le tramway avait aussi inventé le moulin à café et la machine à coudre – cela aurait pu être tout aussi bien le moulin à bobines et la machine à moudre, au moment de déposer les brevets le nom n'avait pas dû se jouer à grand-chose.

« Allez les Verts » hors contexte, c'était ridicule. Un soir de fièvre, c'était autre chose, c'était un cri. Le soir de Saint-Étienne-Kiev, le soir de l'exploit et de la tempête, même l'organe ouvrier avait condamné ce peuple qui sifflait à les rendre sourds les Soviétiques du Dynamo Kiev ; mais, bien sûr, il aurait fallu trouver autre chose que l'éventuelle menace de l'envoyer dans les mines pour le faire taire. L'envoyé spécial de *L'Humanité* avait ressenti cette atmosphère « comme un grand écœurement, une embuscade montée par tout un peuple, une incorrection inadmissible ». Ce n'est pas ainsi que l'on accueille ses grands frères. Après le match aller à Simferopol, en Crimée, déjà, pour un écho paru dans la presse stéphanoise à propos d'enfants russes réclamant des chewing-gums aux supporters français, *L'Huma* avait fait parler un candidat du PCF aux cantonales de Saint-Étienne pour s'indigner de l'insulte faite à l'URSS : « Ce qui nous intéresse, ce que nous jugeons, c'est une politique, la vie chère ici, le chômage, nous ne nous laissons pas embarquer sur des bobards anticommunistes de bas étage. »

L'Huma, au moins, était des deux côtés, d'ici et de là-bas. Les autres n'étaient nulle part, et en tout cas jamais là, à Geoffroy-Guichard. Ceux qui discouraient de la classe ouvrière dans les années 70 n'avaient aucune intention de passer leurs soirées avec elle dans les stades où elle se retrouvait, se fédérait et s'identifiait. Ils ne comprenaient rien à ce qu'ils voyaient. Ils avaient peur de la foule, peur du peuple, peur d'être à nouveau noyés dans l'anonymat de l'une et de l'autre, de n'être plus soulagés de cette proximité par leur statut d'intellectuels. Que les Verts défilent sur les Champs-Élysées passe encore, mais qu'ils ne viennent pas boulevard Saint-Germain où l'on raillait l'écume du phénomène, cette fièvre pour des pousse-ballon, cette chanson de Monty, cette couleur simple pour ralliement.

Ils moquaient ces rassemblements et le vin vulgaire, bouffis d'un mépris de classe, révolutionnaires de salon qui voulaient bien défiler, mais dans le Quartier latin, ce qui leur permettait de s'asseoir à leurs fenêtres pour se regarder passer.

Le 9 mai, Guy Lux a terminé son *Système 2* avec l'improbable maillot à col roulé et à manches longues de l'AS Saint-Étienne, coiffé d'une casquette verte. C'est un tee-shirt qui a fait un triomphe, dos et manches vert foncé, toutes les photos des joueurs sur fond vert sur le devant. Pour préserver les ego, ou parce que celui qui a lancé cela dans la hâte n'avait aucune idée de ce qu'il allait imprimer, les joueurs sont placés par postes, gardien, défenseurs, milieux de terrain, attaquants, de haut en bas. À droite d'Herbin, tout en haut, figure Ivan Curkovic. Mais à gauche, presque aussi visible que le rouquin, est installé Dugalic. On ne voit que lui et personne ne le connaît, ou presque. C'est le gardien remplaçant de Curko, lequel ne lui aura laissé qu'un match de championnat en cinq ans, et Dugalic ne sera même pas la doublure de son ami de Mostar en finale à Glasgow en raison d'une blessure à la main. Mais comme il est sur le tee-shirt, il est partout. Tout le plateau de *Système 2* le porte, même les musiciens, et l'émission s'achève avec Monty et ses danseuses, et ses danseurs, dans un désordre tel qu'il est impossible de reconnaître l'ancien chanteur de charme des années 60, héros de l'été 1968 avec *Attends-moi*, une chanson légère parfaite pour le calme revenu après le joli mois de mai.

Guy Lux a demandé à tous les invités de l'émission de venir chanter avec Monty le refrain français du moment pendant le générique. Mort Shuman se déhanche, une écharpe verte autour du cou, on voit même Ringo, oui, le mari de Sheila, et la blonde Sophie Darel dans une robe à volants. Et Hugues Aufray, et Dave, et Stone sans Charden, la vraie, la blonde Annie Gautrat avec sa frange, *France Dimanche* avait eu raison d'annoncer la terrible séparation. Stone et Charden, ça sonnait presque comme Sonny and Cher, et ils chantaient presque la même chose, le soleil sur la France et les vaches de Normandie, alors va pour les chœurs sur « Allez les Verts » sur ce plateau qui rassemble une certaine idée de la musique et de la télévision françaises dans le milieu des années 70.

Monty est perdu au milieu des danseurs sans chorégraphie qui se contentent de sauter en levant les bras, élégants dans leur maillot près du corps rentré dans le pantalon à pattes d'eph'. Alors que le chanteur a dû s'entraîner au play-back, il n'y a pas un gros plan pour faire croire qu'il chante. De toute façon, « Qui c'est les plus forts ? Évidemment les Verts », ce n'est même pas de lui. C'est venu des entrailles du stade, au fil des années. C'est un slogan crié en tapant dans les mains. Monty a décidé de le chanter, a seulement rajouté « c'est » entre « évidemment » et « les Verts ».

Si l'ancien chanteur de charme n'a pas choisi d'être plus célèbre pour *Allez les Verts* que pour *Attends-moi*, il l'a un peu cherché, quand même. Il est passé de : « On s'est rencontrés un soir d'hiver, la neige qui tombait sur nos pas était blanche », qui témoignait d'une acuité d'auteur mésestimée, à : « Dans le vestiaire avant de rentrer, pour commencer à nous échauffer, tous en chœur nous chantons, on est les rois du ballon. » Il avait fait considérablement pire avec un 45 tours dont le refrain était : « Ah ce qu'il est joli le petit Rocheteau », un nanar de niveau olympique, mais tout marchait, tout se vendait, même n'importe quoi, surtout n'importe quoi.

Beaucoup de ceux qui avaient dansé sur Monty en 1968 se sont moqués en 1976. La culture foot viendrait tellement plus tard, à la fin du siècle. En 1976, le foot était encore très seul, séparé de la partie cultivée du pays, qui laissait aux Stéphanois leurs fiertés du mois de mai, l'amour du foot et du jardin, l'AS Saint-Étienne et le catalogue Manufrance. Elle moquait les rêves de gloire des Verts et ne reviendrait que pour les funérailles de la grande maison : la république des intellectuels savait soulever son chapeau pour accompagner vers l'oubli un monde finissant.

Cette ville s'était soudain mise à gagner au moment où elle commençait à être quittée, elle perdait ses habitants des abysses, il suffisait d'étudier le recensement pour déduire une fuite par le fond, dans une construction de classe ; les bourgeois sur les hauteurs, leurs villas accrochées au flanc des collines ou de la moyenne montagne, les ouvriers dans la vallée, et plus bas encore, les mineurs.

Dans les écoles, pour la première fois, des élèves déménageaient en cours d'année scolaire parce que le père avait changé de boulot. Il n'y en avait plus, ou alors moins, ou alors plus loin, il fallait passer de la mine à l'usine, de Sainté à Berliet, là-bas vers Vénissieux, dans la banlieue lyonnaise, mais c'était un Stéphanois qui était ministre du Travail, le maire Michel Durafour, et la CGT qui ne le laissait pas se réfugier derrière les victoires des footballeurs, collait ses affichettes sur les platanes : « Avec le public de travailleurs du stade Geoffroy-Guichard, nous continuerons de crier *Allez les Verts*, mais pas pour les mêmes raisons que vous, monsieur Durafour. » Il n'en avait pas grand-chose à fiche, le père Durafour, même le soir de la finale il ne serait pas à Glasgow, mais à l'Assemblée nationale. Vingt-cinq mille personnes avaient rejoint l'Écosse pour supporter le club de sa ville, un exode sans précédent, et lui avait choisi ses fidélités, plutôt l'agenda parlementaire, au moins on ne pouvait pas lui reprocher de vouloir être sur la photo, en tout cas pas sur celle-là.

Le ministre du Travail, qui serait le « ministre du Chômage » sur toutes les affiches électorales des municipales suivantes, était porté par la réputation de la ville, celle de la mine et de la Manu. Dans l'une, tout était caché et mythifié. Dans l'autre, tout était affiché et photographié. Le sigle de Manufrance était imprimé sur le maillot des joueurs de Saint-Étienne. Comme les Verts les soirs de Coupe d'Europe, le catalogue de Manufrance était passé au salon. Pour *Le Chasseur français*, cela marchait aussi, c'était la même maison, et l'époque poussait à tourner les pages.

Au début du siècle, les images publicitaires de la grande maison vantaient l'usine, le savoir-faire, mais désormais c'était le produit, tous les produits, de l'automatique et de l'électrique qui promettaient une vie de loisirs, des loisirs qui demandaient un boulot fou, le catalogue de la Manu était le passage entre la culture ouvrière et la société de consommation, la valorisation du bricolage et du travail bien fait, mais avec des machines pour tout, même pour ce qui ne servait à rien. Dans ces catalogues, sur les images d'un monde idéalisé plutôt qu'idéal, il n'y avait plus de poussière, plus de charbon.

Chaque année donnait des nouvelles des jeunes filles modèles du catalogue précédent. Elles avaient un peu changé, la coiffure, peut-être, mais on pouvait les reconnaître. Soit les filles étaient sous contrat pour dix ans avec la Manu, soit le photographe embauchait ses amies.

C'était le photographe. La couleur avait révolutionné le métier, mais aussi les budgets, alors autant faire poser la famille, l'album était un peu lourd mais il était facile de le classer par années. Si le modèle du photographe s'était appelé Martine celle-ci aurait fait un triomphe, Martine et la véranda à monter soi-même, Martine et la tondeuse à couper l'herbe dans les coins, Martine et le toboggan bicolore. En grandissant, on ne la voyait pas apparaître aux pages sous-vêtements, on n'était pas à La Redoute ici, mais elle était devenue une jeune femme qui posait avec les hommes, Martine et son fiancé au camping avec la tente aux piquets qui s'enfonçaient tout seuls, Martine et son mobilier de jardin. On ignorait si dans la rue tout le monde la dévisageait. C'était peut-être plus difficile en civil, sans le couteau électrique pour couper le rosbif qui faisait aussi écailleuse. Un ouvrier sans son outil avait l'air nu, mais elle, non, jamais un décolleté, c'était l'inconvénient d'un photographe qui faisait poser la famille, il demandait de fermer les boutons, un autre n'aurait pas été si regardant, ou peut-être que si, justement, il y avait des virages difficiles à prendre. Alors, le produit, juste le produit, d'accord, mais à La Redoute, ils ouvraient un bouton ou deux et ils vendaient quand même.

J'ai fait ce qu'un homme devait faire pour mériter ce nom

Johnny Hallyday, *Joue pas de rock and roll pour moi*

On l'appelle président de l'aube jusqu'au soir, avec cette distance très IVe République, cette suavité d'antichambre. Ceux qui prononcent son nom font de « président » une manière de prénom ou de particule. Président Rocher.

Ces jours de mai lui tournent la tête, esquissent une lévitation. Il se cache derrière son accent terrien et son parler gaga pour se soustraire du soupçon d'un président habitant légèrement dans l'espace, un espace dont il serait l'astre, en orbite autour de lui-même. Il a l'agenda d'un chef d'État et son pays est Saint-Étienne. Il n'a pas de temps pour son entreprise de bâtiment et travaux publics, pas en ces jours où Saint-Étienne a des points à prendre en championnat de France en songeant à sa couronne, des blessés à soigner en espérant un miracle, une finale de Coupe d'Europe à préparer en rêvant d'un Everest.

On le voit chaque jour sur l'une des trois chaînes de la télévision française, et à la radio sitôt qu'on l'entend on sait que c'est lui.

Il a le même costume bleu à fines rayures, sa cour qui l'attend au stade lorsqu'il descend de sa DS, bientôt sa CX, lui ouvre sa portière, lui donne du « président » parmi tant de choses qu'on lui donne et que l'on ne pourra jamais reprendre. L'ancien mineur est dans un film.

Le 12 mai, à 17 heures, quatre heures avant le coup d'envoi de la finale de la Coupe d'Europe, Roger Rocher est l'invité de Jacques Chancel pour l'émission *Radioscopie*, sur France Inter. Le journaliste béarnais et le président stéphanois ont enregistré l'émission dans la matinée, à l'Esso Motor Motel d'Erskine où les Verts se sont retirés du monde et de ses vertiges. Ils ont trouvé une salle vide à l'étage, ont débarrassé les restes d'un petit-déjeuner sur une table où ils ont posé les micros. Chancel sent les failles, interprète les silences, accouche les aveux. Dans la dialectique d'un homme qui a passé dix années au fond de la mine, le soin apporté au vocabulaire établit l'adaptation à une autre classe que la sienne, et peut-être un tout petit peu du plaisir de s'écouter parler. « Le risque est grand, parvenu au faîte, de sombrer vertigineusement », glisse Chancel, et si c'est une métaphore de l'homme parti du fond de la mine pour s'élever, le président Rocher répond que son club a travaillé en profondeur.

Il reste soupçonnable d'avoir creusé le sous-sol stéphanois de ses mains et de n'avoir plus les pieds qui touchent la terre. En 1974, il a appelé l'Élysée, après l'élection de Valéry Giscard d'Estaing, pour lui présenter les félicitations de l'AS Saint-Étienne. Il enverrait bientôt un télégramme de condoléances à la veuve de Mao. Personne n'a jamais su s'il fallait vraiment croire cette histoire, il faut imaginer le coup de fil aux PTT : « Bonjour, c'est pour un télégramme en Chine, Mme Mao s'il vous plaît. » Il considère que Saint-Étienne est désormais connu dans le monde entier, pourquoi pas jusqu'à Pékin, et il y a sûrement des jours de cette vie et des endroits dans ce monde où lui, Roger Rocher, peut être aussi connu que Saint-Étienne.

C'était bien la peine d'être parti du fond de la mine ; l'abîme l'attendait, il retournerait à la poussière bien avant de quitter cette terre. Il avait été le « voyou de l'Eparre » parce qu'il faisait le coup de poing dans les baloches d'avant-guerre, et maintenant il était l'ONU à lui tout seul, il annonçait en conseil d'administration du club qu'il se voyait grand réconciliateur de la bande des quatre, Marchais, Mitterrand, Giscard, Chirac, et qu'il allait les inviter au stade.

Il n'est même pas un intermittent de la mégalomanie, il va faire tout le voyage, plus tard il enverrait également un télégramme de condoléances à la veuve de Tito, personne n'aurait jamais de nouvelles de la réponse. Trop de papiers à trier, trop d'affaires à ranger, Mme Tito avait oublié, peut-être.

Mais il est des leurs, de tous les autres dont il s'est arraché à la fréquentation, et tout ce qui le trahit quand il s'élève, cet accent, ces manières, ces colères, est exactement ce qui le rend fidèle.

Il dit qu'il n'aime pas Paris, qu'il a besoin chaque soir de revoir les flancs de la moyenne montagne de Saint-Genest-Malifaux, mais il adore que Paris vienne à lui, il lisse ses cheveux blancs en arrière, en brosse quand ils sont fraîchement coupés, bourre sa pipe de tabac Bergerac, rentre un pouce dans le gilet sous la veste de costume gris, compose dans l'instant le tableau de la notabilité mais ne consent pas un effort pour atténuer son accent gaga, il fait partie de la visite. Et puis le président adore faire des phrases, parler des champions et des hommes, de l'entraînement comme une éducation, de la direction d'un club comme une morale.

Avant de choisir chaque matin les boutons qui iraient refermer les manchettes de ses chemises blanches, il a plongé ses mains dans les entrailles de la terre stéphanoise, il a pris sa douche à la surface avec le peuple qui l'a vu couvert de suie puis nu et propre, il a été un fils à papa qui dormait à l'étable. Gaston Romulus Rocher, le paternel, sa petite entreprise de travaux publics, son goût du sport et de l'effort, ses principes, Gaston, donc, l'a puni de l'abandon de ses études, après son certificat, en l'envoyant dix années au fond de la mine. Au moins, il lui a évité le STO, auquel les mineurs n'étaient pas assujettis. À la carrière, il aurait été à la maison, sa mère tenait l'épicerie-buvette juste à côté. À la mine, il a changé de famille, mais a retrouvé la sienne après la guerre, en reprenant l'entreprise familiale en 1946 avec son frère. Il est devenu président de quelque chose pour la première fois en s'occupant de footballeurs amateurs – l'AS Petites Mines qui deviendrait Olympique de Saint-Étienne –, après avoir acheté un terrain vague dont les cratères rappelaient le bombardement de la ville par les Américains en 1944.

C'est un traumatisme que les Stéphanois n'avaient pas eu le droit de porter, il fallait remercier les libérateurs. Mon père avait neuf ans, il m'a raconté comment tous les enfants avaient soudain quitté l'école et rejoint un grand jardin sur les hauteurs de Saint-Étienne, à voir tomber le feu du ciel sur la ville, à voir les bombes américaines tuer les civils quand elles manquaient les usines visées. Dans l'après-midi, l'alerte passée, la ville fumante sans que la mine ni les hauts-fourneaux n'en soient responsables, les sirènes des ambulances montant de chaque quartier, la maîtresse avait dit aux enfants de rentrer chez eux. Il était parti. Seul, à neuf ans, en dribblant les gravats, il avait rejoint l'appartement de ses parents rue de la République pour n'y trouver personne, alors il était reparti vers le Soleil et la maison des grands-parents, la grand-mère était là, et sur la table de la cuisine, posée comme une décoration de guerre, un éclat d'obus rouge et fumant, livré par le fracas et l'explosion de fin du monde qui avaient ravagé l'immeuble contigu. La ville qui creusait la terre était criblée de trous, et il faudrait en creuser d'autres, dans les semaines qui suivaient, et les recouvrir d'une croix.

Personne n'avait encore reconstruit les terrains de jeux, après la guerre. Alors Roger Rocher avait mobilisé tout le quartier, son entreprise fournissait les brouettes et les pioches, les pelles et le ciment, les familles amenaient des bras, le stade Rocher sortait de terre. En 1958, le journal *L'Équipe* l'avait élu patron le plus sportif de France, alors que l'AS Saint-Étienne avait été championne de France un an plus tôt et que Rocher n'y était pour rien. Puisqu'il était un bâtisseur, d'ailleurs, il avait participé à l'agrandissement du stade Geoffroy-Guichard, il avait construit les gradins debout, ces tribunes populaires qui accueillaient vingt-cinq mille personnes, mais c'était une façon de parler, ses mains avaient perdu leur cal, il ne risquait plus qu'une tache d'encre à l'instant de la signature.

En ces provinces où l'élection par le peuple était une petite gloire pour le dimanche après-midi le long des mains courantes, on ne s'élevait vraiment que par la cooptation des grandes familles. Mimard et la Manu, Guichard et Casino ? Pour Rocher, ce serait Guichard, Pierre, redevenu président par intérim en 1959, qui lui avait proposé le poste en 1960. Son élection en avril 1961 disait tout de la façon dont Roger Rocher concevait l'opposition quand il s'agissait de son pouvoir : élu à l'unanimité moins deux voix, la sienne et celle de son adversaire, Alex Fontanilles, il avait convoqué ce dernier le lendemain pour le contraindre à démissionner. Ce dirigeant de presque toujours avait imaginé que Roger Rocher accepterait qu'une élection où il se présente propose plus d'un candidat.

Il bâtissait, pierre après pierre, scellées par l'obstination et la colère, et ce paternalisme social était son excuse, qui légitimait la dureté et l'injustice sous un vernis de compréhension. L'histoire familiale était une assurance contre l'ingratitude prolétaire. Gaston Romulus Rocher le paternel avait eu de la mémoire en recasant dans la carrière les délégués syndicaux des Houillères de la Loire après les grandes grèves de 1947. Il l'avait fait sans calcul, par admiration pour la classe ouvrière, et la ville était liée par cette solidarité historique, et par le constat que l'homme qui avait passé dix ans dans la mine nourrissait désormais plus de huit cents employés dans une ville sinistrée.

*

Germaine n'est jamais loin, on dit « madame Rocher » ou « madame la présidente », cela fait sourire cette femme discrète qui, dans les interviews, évoque « M. Rocher », l'homme qu'elle a épousé à dix-sept ans. Elle le suit parfois dans les déplacements, en France et en Europe, emporte des livres pour cette vie de solitude, laisse M. Rocher assister aux dîners officiels et vivre avec l'équipe, elle ne se rend même pas aux matches, demeure dans sa chambre d'hôtel, elle a toujours peur d'un mauvais résultat et d'une blessure.

Un jour de colère contre Jean-Michel Larqué, qui refusait les conditions financières proposées pour un nouveau contrat, en 1974, Roger Rocher avait réuni tout l'effectif dans le vestiaire pour stigmatiser le récalcitrant : « Vous vous rendez compte, votre capitaine refuse le contrat que je lui propose pour jouer avec vous !

Même ma femme n'en dort pas. » Ledit capitaine avait rétorqué sur-le-champ : « Ne mêlez pas votre femme à l'affaire. Germaine est une sainte femme, elle ira au paradis. »

Lui, il aime diriger les hommes, il a toujours prétendu que c'était ce qu'il connaissait le mieux. Il sait leur parler durement, ce qui ne signifie pas qu'il sache leur parler. Au vrai, son management est étouffé d'orgueil. En 1971, il a perdu le titre de champion de France en écartant de l'équipe de Saint-Étienne, à quelques matches de la fin, deux de ses meilleurs joueurs, Georges Carnus et Bernard Bosquier, accusés d'avoir pris contact avec l'Olympique de Marseille en vue de la saison suivante – les footballeurs français avaient acquis depuis peu la fin de leur relatif esclavage, avec l'apparition du contrat à temps et d'un lien qui cesserait de dépendre seulement de l'employeur. La ville ouvrière défend le patron, le président brode sur le lien avec le club et la fidélité, évoque « la joie et la satisfaction globale des joueurs d'appartenir à une organisation », se dresse contre l'idée d'un contrat équitable et de la liberté, et les supporters lui donnent raison ; c'est trop facile pour lui, il appuie sur leur ressentiment d'être quittés, abandonnés dans la ville noire pour un peu plus d'argent au soleil, c'est d'une injustice sans nom.

Jusque-là, les joueurs professionnels qui voulaient changer de club sans l'accord de leur président s'inscrivaient sur une liste de « réfractaires », c'était l'appellation officielle, et les négociations dans lesquelles ils n'avaient nul levier les écartaient des terrains pendant trois mois, et si aucun club ne s'était mis d'accord avec le président drapé dans son droit de maintenir un lien unilatéral, le joueur revenait à l'entraînement avec les autres, il avait perdu trois mois de salaire et son combat, et il fallait qu'il soit bon, en plus, pour qu'on lui pardonne. C'était chouette, quand même, le paternalisme.

Alors dehors Carnus et Bosquier, le président rouge de colère lance qu'il préfère perdre le titre que de souiller l'honneur du club, et tout marche, sa perte de lucidité offre le titre à l'OM, et la ville prend le parti patronal contre les deux salariés qui avaient exercé leur droit de choisir leur avenir. Ils arrivent un jour à midi dans le vestiaire, à midi et demi leur casier est vide, et il leur faut rapidement enlever leurs enfants de l'école parce que les autres leur jettent des cailloux en leur disant que leur père s'est fait acheter. Le bon président les escorterait bien jusqu'à Givors avec du goudron et des plumes, mais il se contente de désigner des traîtres et la ville en répercute l'écho, elle n'a pas compris le combat.

Les mouvements de la cité, qui bâtissent sa nostalgie et son avenir, oscillent entre ceux qui partent et ceux qui restent. Roger Rocher est toujours du bon côté, puisqu'il reste. Mais quand il déchire la ville, en mettant dehors l'enfant de Sainté, Georges Bereta, devenu capitaine de l'équipe de France, il lui faut inventer de nouvelles manœuvres pour garder propres les mains et le reste. Au pilori, Bereta, le gaucher avec des cuisses comme des poutres, une frappe à faire baisser les yeux, fils d'immigrés – et de mineur – polonais. Il est transféré au milieu de la saison 1974-1975 à Marseille pour cinquante millions de centimes, car l'époque a encore du mal avec les nouveaux francs, cela ne fait que quatorze ans, et puis, si on ne peut plus compter en millions, où va le monde ? Il ne veut pas partir, pleure chaque nuit, mais le président qui ne voulait pas faire affaire avec Marseille trois ans plus tôt est maintenant d'accord, tout l'arrange, Bereta qui s'en va et l'argent qui rentre.

Par bonheur, ou par cynisme, le président joue encore le petit père du peuple, il instrumentalise le transfert, s'en fait victime alors qu'il a tout organisé, et puisqu'il pressent le vertige et l'incompréhension, cette fois, il annonce sa démission en décembre, la reprend en janvier sous le plébiscite ; il a fallu en faire un peu plus, cela avait été plus facile pour Carnus et Bosquier. Ce doit être le choc pétrolier de 1973 et le chômage, on dirait que les gens se méfient, c'est tout de même un monde que le plein-emploi ait laissé les patrons tranquilles et que le chômage atténue désormais la portée de leur parole, alors que tout dépend uniquement d'eux à présent, l'emploi précaire et la vie de la famille.

C'est la presse, aussi, qui fendille l'armure des puissants en dressant la liste de leurs contradictions. Il s'en agace : « J'ai dit ça, moi ? Vous avez lu ça dans le *Bulletin des Petites Sœurs des pauvres*... »

Il confesse que le public parfois lui fait peur. Le peuple n'a pas toujours raison et la foule a souvent tort. Le mécanisme du rassemblement suscite l'embarras ou le malaise, jusqu'au dégoût la nuit du retour de l'équipe à l'aérodrome de Bouthéon, après sa qualification pour la finale, à Eindhoven, en avril. Plusieurs centaines de supporters attendaient les héros sur le tarmac, ils ont laissé l'avion atterrir puis se sont précipités dès que le moteur gauche s'est éteint. La foule s'est massée de chaque côté de l'appareil pour frapper sur la carlingue et personne n'a vu que le moteur droit tournait encore. L'hélice a tué sur le coup un ouvrier carrossier de trente-deux ans, père de trois enfants. Les vivats continuaient autour de son corps allongé, mais comment entendre les cris d'horreur au milieu des « Allez les Verts », il a fallu plusieurs minutes avant que le drame ne glace la nuit, Roger Rocher a arraché l'ordre, le deuil et le silence. Les supporters criaient : « Rocher, une chanson ! » Il a hurlé : « Nom de Dieu ! Foutez le camp ! Vous n'avez pas vu qu'il y a un mort sur la piste ? » Les joueurs côté hublot sont rentrés à la maison vomir et traverser un sommeil agité de cauchemars, à songer qu'ils auraient préservé une vie en perdant un match trois heures plus tôt.

*

Le président lit tout ce qui s'écrit sur lui, dans le bureau de sa villa qui s'appelle « Mon week-end », où les deux sièges qui lui font face sont un peu plus bas, il a lu dans un livre que les grands managers procédaient ainsi. Au-dehors un molosse annonce les visiteurs et bien d'autres choses encore, il s'appelle Napoléon.

Ces jours de 1976 qui consacrent son œuvre lui ont offert le trophée des maîtres pipiers de Saint-Claude, il est sur un nuage dont la fumée se dissipe à peine, le palmarès de 1966 à lui-même dessine une certaine France de l'après-guerre et une époque où la pipe semble créer la bonhomie au coin du feu et où il est autorisé de fumer à la télévision. Roger Rocher arrive après Edgar Faure, Pierre Sabbagh, Jean Richard, le Pr Leprince-Ringuet, Jean-Pierre Chabrol,

Jacques Faizant, Pierre Dumayet, Robert Sabatier, Jacques Fabbri, Guy Béart. Aucun d'eux n'a mis les mains là où il a mis les siennes.

Il a du courage, aussi. Il a fait revenir, en 1963, le joueur franco-algérien Rachid Mekhloufi. L'artiste avait déserté Saint-Étienne, une nuit d'avril 1958, pour rejoindre en Suisse l'équipe du FLN qui allait porter la parole de l'indépendance de l'Algérie dans une tournée mondiale de trois ans, match après match. Le faire revenir en 1963, c'est oublier les menaces de l'OAS, ces lettres qui lui arrivent et sur lesquelles il peut lire « Rocher, dernier avertissement. » C'est se dresser pour rendre au silence et à l'admiration la majorité du public qui insulte l'ancien magicien de Geoffroy-Guichard, « bicot », « déserteur », « assassin ». Mais le jour de son retour Mekhloufi entre en jeu contre Limoges et inscrit deux buts qui permettent au pardon de gagner du terrain et aux Verts de gagner le match.

Le président a l'obsession de l'argent et ce n'est pas pour lui-même, ce sont des comptes qui grèvent son sommeil, pourtant il aligne les plans quinquennaux pour se rassurer, il a toujours procédé de la sorte, la planification comme l'illusion d'un chemin balisé, alors qu'il n'y a que des détours et des impasses dans l'infernale gestion d'un club. Ils trichent, tous, des stades sont pleins et l'affluence officielle est dérisoire, les dirigeants ont des amis imprimeurs pour créer une billetterie parallèle et gardent la différence pour assurer les primes, les salaires, n'importe quel arrangement échappant à la visibilité et aux taxes. Qui paie ses impôts vole son avant-centre.

Les classes populaires sont pauvres, les clubs populaires sont riches, mais ces jours de mai 1976 sont mal canalisés, tout le monde veut profiter de la fièvre et Roger Rocher n'a pas eu le temps de mettre en place le département marketing qui pourrait développer les ressources de l'ASSE. Le club vit des partenariats commerciaux, des subventions municipales et des recettes aux guichets, et si les subventions sont larges, il faut piocher dans les revenus dissimulés pour alimenter en retour les comités de soutien des hommes politiques de la ville. Il y a des additions qui composent des sommes étranges : budget annuel annoncé de 12 millions de francs, mais plus de 2,5 millions de francs de recette au guichet pour le seul match contre Kiev, cela ne dit pas ce qu'il reste réellement dans la caisse une fois retranchées les parts de l'adversaire et des institutions, mais quand même, cela sent le bas de laine dans le faux plafond, le coffre-fort caché derrière l'imitation du tableau de maître.

Le président a le sens politique des hommes du bâtiment, il est parfois Giscard, parfois Mitterrand, et il est très Marchais quand celui-ci s'invite au stade. À un ami de droite, il glisse : « Tout le monde sait que je suis Giscard. » Mais pas gaulliste. « Ah non. » Et à Geoffroy-Guichard, si le secrétaire général du PC est là, il glisse : « Georges sait que j'ai toujours été militant communiste. »

Rien n'égale, dans cette vie, le moment où il s'adresse aux joueurs dans le vestiaire, ou dans le salon d'un hôtel, Patton des Terminus et des hôtels du Globe. Il a lu des livres d'histoire, en garde quelque chose, une phrase parfois. Il dit « notre » réunion de préparation. Il ne laisserait jamais son entraîneur seul avec ses joueurs, il n'est pas question que le patron ne s'exprime pas avant la bataille, il connaît les hommes, il sait leur parler, tant pis s'ils ont changé, et pas lui. Il lit, il prend note, il s'adapte, il détourne. Et lorsqu'il entend à la télé le discours de Kennedy, il lance à ses joueurs : « Ne vous posez pas la question de savoir ce que le club doit faire pour vous, posez-vous la question de savoir ce que vous faites pour votre club. » Il imagine que personne ne remarquera l'emprunt.

Alors ce jour-là à Glasgow, il parle cinq minutes, ne compte pas vraiment, ce qui lui paraît si court peut sembler long, il laissera Robert Herbin s'exprimer pendant un quart d'heure, mais la chaîne du commandement est claire à Saint-Étienne, c'est lui qui commence. Sa pipe va de ses lèvres à sa main droite, il s'en sert pour placer ses silences et donner de la solennité aux mots, le président Rocher parle lentement et sait descendre dans les graves, il a promis cinq minutes directes et simples, mais la simplicité est une notion personnelle. Il considère comme un hommage d'affirmer à ses joueurs que la finale leur appartient, qu'ils l'ont bien méritée, il parle d'intelligence, de générosité et de cœur.

Souvent, il doit songer que le ton compte plus que les mots, car il scande des formules qu'il renouvelle peu. Ce soir, messieurs, vous allez gagner, je suis sûr que vous allez gagner. Pourquoi ? Parce que. Parce que vous serez les dieux du stade. Pourquoi ? Parce que vous êtes les plus forts. Ces causeries, Jean-Michel Larqué dirait avec affection que les joueurs en connaissaient le début, le milieu et la fin.

Mais ils le respectent, se taisent quand il parle, attendent qu'il soit parti pour moquer sa prononciation de Mönchengladbach en gaga, ou pour rire vraiment d'un discours nocturne au retour d'une défaite à Nîmes. Le car Gatty qui transportait les Verts s'était arrêté sur la bande d'arrêt d'urgence à la hauteur de Méons, là où était l'usine présidentielle, à deux pas du stade de l'Olympique de Saint-Étienne qu'il avait bâti de ses mains : c'était là que le chauffeur du président, un Polonais, l'attendait avec sa DS pour le ramener à Saint-Genest-Malifaux. Les Verts en avaient pris une bonne, ce qui ne leur arrivait pas souvent, et le président avait décidé d'empoigner le micro avant de descendre du car, interrompant la nuit des joueurs, il s'était éclairci la gorge parce que le moment était important, et puis, un peu solennel, un peu paternel, il leur avait lancé : « Écoutez, les enfants, ce n'est pas grave, c'est une défaite qui en appelle d'autres. »

Il y a ce costume qu'il s'est fait faire la saison précédente, il lui a porté chance une fois, il a décidé de le réserver, dit-il, pour la Coupe d'Europe, il n'y a pas que la planification dans la vie.

À table, le jour de la finale, invité par les Rangers, le club hôte protestant, il a demandé à ce que viennent les dirigeants du Celtic, l'autre club de la ville, catholique. Roger Rocher a toujours l'espoir de changer le monde.

Il rassemble, n'oublie pas, fidèle à sa jeunesse passée au fond. Quand il organise un banquet à Saint-Étienne, il leur réserve une table, les appelle « mes mineurs » quand il fait un discours et embrasse la salle. Il leur a gardé des places en tribune où ils s'asseyent, cravatés, le spectacle de la générosité est aussi de la générosité, il lui arrive de sortir mille francs, cent mille balles, de la caisse du club pour aider un mineur dans la difficulté. Que le comptable se débrouille pour l'écriture, il ne manquerait plus qu'une bonne action se retourne contre lui.

C'est un enfant de la terre plus qu'un fils de son père, mais lui s'est arraché au tréfonds quand le destin des autres mineurs était d'y rester, si Dieu, la silicose et les coups de grisou leur prêtaient vie.

Quand on l'interroge vraiment et qu'il fait des phrases, il avoue qu'il a fait un parcours extraordinaire, et sa voix présidentielle remonte du fond de la mine et de sa jeunesse pour proposer une devise échappant aux enluminures, à la notabilité et à ces heures passées à tenter de se souvenir de citations d'hommes célèbres : les gars, croyez-y, vous réussirez. Évidemment, si tout le monde y croit, on ne s'en sortira pas, mais par bonheur, le monde est bien fait, la foi des charbonniers ne fait remonter que l'or noir à la surface et la gangue enserre le destin des hommes.

J'ai pris une dose de whisky
Afin de préparer mon sermon

Eddy Mitchell, *Pas de boogie woogie*

Il n'y a pas de barrières, ni réelles ni virtuelles, les vestiaires sont poreux, ils laissent filtrer les informations qui s'écrivent comme les secrets qui ne se disent pas. Journaliste de sport est une existence passée aux côtés de ceux qui vivent leurs plus beaux jours, toujours les champions en chercheront la trace, un substrat, et s'ils ne s'en doutent pas il ne faut rien leur dire, l'ignorance leur est une nécessaire innocence.

Les gens de plume de ces années de plomb et d'encre vivent une vie de nantis avec des bouts de ficelle, une classe moyenne perpétuellement invitée à passer par la fenêtre quand la porte est fermée, éternellement acceptée en bout de table par ceux qui envisagent sa bienveillance. Ils ne paient pas leur place au stade, au cinéma non plus, mais les économies qui permettraient d'acheter un mobil-home au Grau-du-Roi passent dans les verres qui suivent les nuits de bouclage et dans les cigarettes qui les font tenir jusqu'à l'aube suivante. Avec les footballeurs, les mondes ne sont pas encore trop dissemblables, les joueurs de Saint-Étienne les mieux payés gagnent vingt fois le smic, eux trois fois, peut-être, mais cela durera trente ans de plus, si l'alcool et les cigarettes acceptent de les accompagner jusqu'à la retraite, et puis les CE sont puissants, offrent quinze jours au T3 de Valras-Plage pour des clopinettes.

Ils écrivent sur des carnets Rhodia avec des stylos Bic mais bientôt des feutres Ball Pentel, reviennent au journal, posent leur paquet de Gauloises devant eux, à côté du cendrier, vérifient le ruban bicolore de la machine à écrire Olivetti, tapent comme des sourds avec deux doigts, composent un numéro de téléphone à six chiffres en essayant de ne pas riper sur le cadran avec l'index ou un stylo, parce qu'il faudrait tout recommencer, sinon.

Ils se couchent tard, ne se lèvent pas assez tôt, partent sans cesse en vadrouille et pour les joindre c'est un jeu de piste : le journal (« Ah non il est sorti, je peux prendre un message ? »), le café en dessous, le bar de nuit, deux rues plus haut, les mots griffonnés à côté du téléphone à la maison, toujours à chercher une cabine sitôt qu'ils ont décroché une info, avec le double bénéfice d'un bon article dans le journal et de la justification idéale et officielle d'une aussi longue absence.

Dans une presse qui a encore de grands reporters pour rapporter l'état du monde et en visiter les théâtres les plus lointains, la rubrique sportive est un État dans l'État parce que personne ne s'intéresse à ce qui se passe à l'intérieur de ses frontières. À moins d'une plainte pour diffamation qui engagerait le gérant du journal, le journaliste de sport n'a jamais une remarque ou un compliment, puisque les responsables des quotidiens généralistes ne le lisent pas. Il est soupçonnable de préférer le sport au journalisme, ce qui sera difficilement reproché au localier chargé de l'assemblée générale du Crédit mutuel. On lui demande, sitôt que l'on remarque par hasard sa plume, sa capacité d'adaptation, son aisance dans le stress et l'urgence d'un article en nocturne, s'il compte vraiment rester dans le sport toute sa carrière. Il est sous-entendu que la vie est ailleurs, et c'est une erreur fondamentale, la vie est là, tout entière, le journaliste de sport accompagne les meilleurs moments d'une vie, et ses héros viennent de tous les milieux, de tous les pays, se dirigent vers d'insondables destins.

À Saint-Étienne comme ailleurs, ils combattent la jalousie autant que le mépris, ils sont les hommes des pages vers la fin, ceux qui ont fait passer leur plume au tamis de l'urgence en gardent quelque chose d'une considération, les autres moquent leur passe-temps et sa futilité, et quand, magnanime, on leur accorde une vertu journalistique, c'est l'objet de leur travail qui est dégradé. À Paris, l'écrivain Jean Dutourd dessine un phénomène des Verts « risible et pathétique », réclame la psychanalyse d'un pays plaçant son orgueil dans de jeunes gens qui tapent dans un ballon.

À *L'Équipe* même, les papes du journal et de l'athlétisme, qui en sont l'aristocratie dirigeante, envisagent le football comme un sport déviant, ils naviguent entre le regret de la dépossession d'un phénomène dont ils devraient être les seuls à profiter, si le monde était mieux fait, et le dédain du traitement des nouveaux héros par les autres. Un édito regrette que « la presse sportive, celle qui représente la compétence et la mesure, ait été très largement débordée par tous les moyens d'information, la télévision, la radio, la grande presse hebdomadaire ou quotidienne ». La *grande presse*, voilà.

Chez les Verts les hommes de la radio sont les favoris du roi. Jacques Vendroux est le neveu de feu le Général, il est aussi la voix de France Inter et puisqu'il est gardien de but par plaisir on lui laisse le droit de s'entraîner avec les Verts, plutôt avec l'équipe réserve mais quand même, j'en étais jaloux, ou envieux, d'un désir sans poison – le magazine *Onze* lui avait consacré un reportage : un journaliste s'entraîne avec les Verts. À sa place, j'aurais fait des bonds, du moins avant, car pendant je n'en suis pas sûr, j'étais un gardien assez bien placé mais pas très tonique. Un jour, j'ai lu que les grands gardiens sont tellement concentrés qu'ils ont l'impression que l'action se déroule au ralenti, alors que moi j'ai toujours eu l'impression que l'action allait très vite et moi au ralenti, j'avais le sentiment de me coucher sur un ballon comme John Wayne tombe dans les westerns, les genoux d'abord, puis le reste dans un nuage de poussière et un goût de défaite. Donc pas tout à fait comme John Wayne, sans doute.

Mais si Vendroux s'entraînait avec les Verts parce qu'il était journaliste, alors cela valait peut-être le coup de tenter de taper à deux doigts sur une machine à écrire.

À Saint-Étienne, c'est l'information pour tous mais le scoop pour soi, et malgré tout c'est une belle vie à tout partager, alors l'homme de France Inter fait la paire avec Eugène Saccomano, la voix d'Europe 1, ils partagent ce qu'ils savent et l'assurance de ne rien manquer. Ils passent leur temps dans les avions d'Air Inter entre les aéroports d'Orly et de Satolas, louent une voiture à l'arrivée, et un jour Jacques trouvera que la fille qui lui remet les clés est vraiment jolie, et un autre jour, un peu plus tard, il l'épousera. Ils portent leur Nagra sur l'épaule et déposent leur valise dans la chambre de l'hôtel Frantel qui leur est presque réservée à l'année, juste en surplomb du carrefour de l'Europe, à Saint-Étienne. Ils dorment dans des suites quand elles sont libres, ils les échangent contre des places au stade. Ils filent au centre des PTT à Saint-Étienne pour envoyer leurs sons au bocal, à Paris.

Chacun a ses Gorges Profondes, mais il n'y a pas de rendez-vous dans le parking, pas d'enregistrement clandestin, il suffit d'aller frapper à la porte, celle du toubib, le Dr Poty, ou de Pierre Garonnaire.

Garonnaire, dit Garo, n'est ni entraîneur ni dirigeant, quelque chose entre les deux. Il est l'homme qui a recruté dans la France entière les jeunes joueurs qui sont devenus les Verts. Il est un membre de la Trinité, avec Rocher et Herbin. Dans une hiérarchie à trois, tout se joue toujours à deux contre un. Il sait choisir son camp et ses combats. Il est l'œil du club, celui qui repère les futurs joueurs, mais aussi celui qui évalue les prochains adversaires. Il se déplace, trouve parfois un cameraman ami sur place pour rapporter un peu de pellicule. Il vit au plus près de l'équipe, sait tout, et dit beaucoup. Les journalistes l'adorent.

Alors que la proximité avec tous rend le « off » impossible à démêler du « in » et les sources difficiles à identifier, les gars de la presse écrite, eux, s'arrangent avec les mots originels.

Quand ils donnaient la parole aux joueurs, ils la reprenaient très vite, préféraient leurs propres mots. Ce n'était pas le mépris de classe de ceux qui étaient allés à l'école et portaient la plume comme une décoration, c'était une convention qui régissait leur compagnonnage. Le joueur, le lendemain, ne savait pas qu'il avait aussi bien parlé, et si les mots qu'on lui faisait dire n'étaient jamais sortis de ses lèvres, sans doute parce qu'ils n'avaient jamais atteint son cerveau, il n'avait aucune intention de porter plainte. Prétendre qu'il n'avait jamais dit tout cela lui aurait fait courir le risque de constater que tout le monde s'en doutait. Entre les guillemets, il y avait du nous conjugué à tous les temps, et un peu de creux, un peu de vide, le t'en-fais-pas-je-remettrai-tout-ça-dans-l'ordre était une facilité autant qu'une politesse, cette génération pouvait rédiger quatre feuillets d'interview avec un joueur auquel elle avait simplement dit bonjour dans un couloir. Elle bidonnait, mais les propos étaient fidèles à ce que le joueur aurait dit, sûrement, de toute façon elle n'enregistrait rien, elle notait les grandes lignes, et si quelques-uns avaient appris la sténo c'était que la vie était bien faite, parce que les rumeurs de la rédaction rapportaient que ces femmes sténographes avaient grandement participé à leurs apprentissages, par-delà l'involontaire mais magnifique poésie de la transcription, comme cet aveu subliminal qui leur avait fait écrire dans la presse bressane, au cœur d'un compte rendu d'un match de rugby traversé par une bagarre générale, que trois joueurs locaux avaient été pris « dans les chauds fourrés ».

Les soirs de mauvaise lune et de noms propres compliqués, de matches de Coupe d'Europe entre des Polonais imprononçables et des Allemands de l'Est inconnus, elles faisaient parfois semblant d'être sourdes, il fallait crier et répéter Z comme Zitrone, Y comme Yvonne, et dans ces années-là, on racontait à *L'Équipe* qu'un reporter, las de répéter W comme Waterman, avait glissé tout bas à son interlocutrice un peu dure de la feuille de carnet à spirale : « T'as de gros seins. » Elle n'entendait pas Mönchengladbach, mais ça, oui, alors elle avait hurlé, avait insulté l'homme qui appelait en PCV, mais elle n'allait pas porter plainte, c'était un compliment qui se réglerait entre quat'z'yeux dans le dédale des couloirs de l'immeuble de la rue du Faubourg-Montmartre.

Il n'est pas nécessaire de beaucoup creuser pour comprendre qu'il ne faut pas accorder une foi d'archéologue à ce qui figure dans les guillemets des colonnes sportives des années 70, mais plutôt se contenter de retenir l'idée générale. Tout est souvent vague et général, d'ailleurs :

Je dois dire que nous avons accompli une belle première période au cours de laquelle nous sommes parvenus à développer notre jeu avec une détermination qui ne s'est jamais démentie, ensuite notre adversaire a su relever le défi et nous a offert une opposition de bon aloi, mais nous avons su nous y opposer avec une solidarité louable, nous sommes très satisfaits de cette performance qui nous laisse espérer de beaux lendemains.

Comment savoir, quand on a treize ans, que les joueurs ne s'expriment pas exactement comme cela ? Que la voix que l'on quête est une doublure ? Quand on commence avec la voix française de Columbo on se fiche complètement de savoir que Peter Falk, en vrai, a l'accent de son Bronx natal, mais parfois, quand un Vert passe à *Stade 2* ou sur FR3 Rhône-Alpes, on se dit que le micro l'intimide, sûrement, car ses phrases sont nettement moins longues et moins bien tournées que lorsqu'il parle dans le journal.

Pour tous les Verts de l'époque, entre Pierre Legalery, le correspondant de *L'Équipe* dans la ville, les journalistes parisiens et ceux des journaux régionaux, Gérard Simonian était celui avec lequel il ne fallait pas se fâcher et avec lequel il était parfois malaisé de ne pas le faire, celui dont la voix portait le plus, et celui qui portait le poison le plus profondément dans les plaies des matches manqués et des périodes difficiles.

Gérard Simonian commençait à parler arménien au fur et à mesure qu'avançait la nuit, et quand il s'exprimait dans un langage que l'on était censé comprendre, il n'émergeait plus que des mots de sa moustache, on entendait « Rocher », « Herbin », « Ivan » – d'ailleurs les soirs de match il portait les boutons de manchettes du Partizan Belgrade offerts par Curko –, et si on ne comprenait pas tout, ce n'était pas grave, il fallait le lire et tout devenait clair.

Il était à Saint-Étienne parce qu'il était puni, parce que les patrons du *Progrès* à Lyon en avaient eu marre de ses indépendances, de son caractère et de sa plume polémiste. À la fin des années 60 ils lui avaient annoncé, solennels : mon cher Sim – car tout le monde l'appelait Sim, ou le Sim –, mon cher Sim, donc, vous êtes muté à Saint-Étienne, cela vous fera les pieds.

Tu parles, le grand Saint-Étienne naissait, l'épopée des Verts serait pour lui, tant pis si tout cela finirait mal, tant pis si Rocher allait lui mentir pendant l'affaire de la caisse noire au début des années 80 et au début de la fin, tant pis si *Le Progrès* allait lui laisser payer seul le prix de la diffamation, il avait vécu ces jours et ces nuits que chacun lui enviait.

Il aimait les causes perdues et les joueurs venus de loin, c'était sa nature d'Arménien que d'éprouver de l'empathie pour l'exil, il accompagnait leur spleen au-delà des heures ouvrables, selon un commerce qui faisait d'un pied droit anémique une grande âme méritant l'indulgence.

J'ai grandi en le lisant, j'ai commencé dans le métier en écrivant avec lui, en suivant à l'occasion son sillage. En 1986 au Mexique – ma première Coupe du monde –, il m'a appris comment sortir quelques pesos de mon portefeuille pour aider le bureau d'accueil de Mexico à retrouver mon accréditation dans les dossiers. Malgré mon programme parallèle, puisque l'on travaillait pour le même journal et qu'il était assigné au parcours de l'équipe de France, nos chemins se croisaient et il me faisait monter dans le bus qui transportait les envoyés spéciaux de l'équipe de France pour aller à l'entraînement ou bien pour revenir de León à Guanajuato le soir de France-URSS. C'était la première fois que je sortais vraiment de ma Bresse, je m'apprêtais seulement à rejoindre la rédaction lyonnaise du *Progrès*, et je mettais enfin un visage sur les confrères que je lisais et qui glissaient une cassette de Jeanne Mas en boucle dans le car qui cahotait sur les routes du Mexique. Je me souviens très bien de la *Toute première fois*.

Je les ai connus, tous. Le Sim, mais aussi Jacques Murgue du rival *Loire Matin*, deux pôles opposés des affaires qui déchireraient le club et la cité, mais pareillement accueillants pour la jeunesse et bienveillants envers ceux qui grandissaient à leurs côtés, à leur contact. J'ai moins connu les grands anciens de *France-Soir* qui faisaient de la gare de Châteaucreux une extension de la carte des transports parisiens.

La veille de la finale, *France-Soir* avait demandé à chaque joueur d'écrire un mot. Dans la plupart des cas, il s'agissait seulement de recopier un texte, sans fautes d'orthographe si possible. Le quotidien de la fin de journée les juxtaposait en proposant l'analyse d'un « éminent graphologue », il était éminent mais il n'avait pas de nom, c'était sûrement parce qu'il écrivait des horreurs et qu'il ne voulait pas d'ennuis. Janvion ? « Peu d'esprit de camaraderie, plus courageux que fin. » Piazza ? « Semble avoir plus de pouls que de rapidité dans la pensée et dans le jeu. » Sarramagna ? « Très imbu de lui, trop glorieux de lui. » Hervé Revelli ? « Trop de prétention. » Mais Santini, lui, était parfait, et Bathenay apparaissait aux yeux de l'éminent « moins primaire que plusieurs autres ».

Les joueurs aimaient bien les gars de *France-Soir*, Robert Nataf, Patrick Mahé, Gérard Le Scour, ils étaient toujours fourrés à Saint-Étienne, ils travaillaient dans la proximité, racontaient les hommes et donnaient du souffle à l'épopée, leur style était bien plus moderne que celui des gars de *L'Équipe*, au classicisme souvent brillant mais un peu pompeux. À *France-Soir*, les phrases étaient plus courtes et racontaient l'histoire de l'intérieur, à *L'Équipe* les belles plumes lui cherchaient un sens, c'était une quête différente, mais du coup, pour partager le vin, le pain et quelques occasions qu'offrait la nuit, c'est avec les Parisiens de *France-Soir* que les Verts les plus célibataires aimaient sortir. Quand la soirée était réussie, ils rentraient chacun de leur côté.

Et devant ce troupeau hurleur
Tu connaîtras la grande peur

Serge Lama, *Star*

Mes cheveux poussaient aussi mais ils étaient raides, blondissaient avec l'été et je ressemblais à un joueur tchécoslovaque dégingandé quand j'aurais voulu être un ange vert aux boucles brunes cascadant au ras de mes épaules. J'avais un blouson en jean, le même, un peu étroit, de toute manière il ne fallait pas le fermer, même quand on mourait de froid, juste relever le col pour se protéger de la morsure de la fin de l'hiver et afficher le genre de celui qui tournait le dos aux pulls à col roulé en acrylique qui peluchaient et qui grattaient. Je ressens encore la démangeaison fantôme de ces cols qui remontaient trop haut et cachaient presque tout, sauf ma tête d'ange du dimanche matin, cet air de communiant sur les photos qui fixaient pour l'éternité le moment regretté par la partie requérante, les parents, et par la partie subissante, les enfants, de la sagesse comme une illusion, d'une promesse comme un mensonge.

J'aurais voulu être Dominique Rocheteau. Je suis sûr qu'on ne lui demandait pas, à lui, de se coiffer avant une photo, qu'on le suppliait de ne pas le faire, de seulement passer sa main dans cette noire forêt, d'y faire souffler une brise pour susciter l'impression du mouvement, et de ne pas trop sourire, parce que les charmes mystérieux ne devaient pas s'ouvrir aisément, la mise en scène du bonheur les aurait éventés. Pour ma part, puisque l'image de la candeur reposait sur la seule mise en scène, je devais sourire tandis qu'un peigne sorti d'un sac à main traçait une raie sur le côté qui m'indignait, mais comme j'avais un peu grandi je n'avais plus de Scotch sous les tempes pour tenir mes oreilles décollées. Si j'avais été Dominique Rocheteau, personne n'aurait osé faire ça. J'ai si longtemps boycotté le peigne en retour que je n'en veux pas trop à l'objet ni à ses dents, nous avons fini par avoir une vie parallèle apaisée, et ma rancœur envers le Scotch monoface s'est éteinte, d'ailleurs j'ai une des deux oreilles normales, maintenant.

Rocheteau avait posé pour un photographe avec une guitare et le texte de légende disait qu'il aimait le rock californien. Ce n'était pas le texte qui participait au mythe, c'était la légende, ce n'était pas le rock qui comptait, c'était la Californie. J'aurais été moins impressionné s'il avait aimé le rock lyonnais, il aurait eu le goût de la micheline et de l'écharpe en laine plutôt que de la Harley et du bandana. Ce n'est pas que la photo l'ait montré aussi mal à l'aise qu'une poule avec un couteau ou que certains de ses coéquipiers avec un ballon, mais j'avais un poster de Neil Young avec sa guitare, et, franchement, on aurait repéré le loup à des kilomètres si mon Canadien préféré avait posé avec un ballon. La photo de l'Ange vert avec la guitare, c'était peut-être une vieille photo, avant qu'il ne prenne des cours et qu'il sache faire un accord barré –, c'est là que l'on voyait la différence, je l'avais compris dans les boums, entre ceux qui jouaient *Tous les garçons et les filles* en pinçant les cordes avec leurs doigts rongés et ceux qui envoyaient *Sympathy for the Devil* ; entre un vague arpège en se mordant les lèvres et un grand riff en regardant Évelyne dans les yeux. Sans Dominique Rocheteau, il ne serait venu l'idée à personne de jumeler Saint-Étienne avec Santa Monica.

Je lisais que les filles le poursuivaient, qu'il ne pouvait s'en détacher. Moi, c'était pareil. D'ailleurs j'étais juste derrière elles, parfois même à côté, je marchais à leur hauteur quand le trottoir était large à la sortie du lycée, mais cela ne durait jamais longtemps, elles l'auraient remarqué, sinon.

Parce que la source de *France Football* n'était pas suffisante, j'ai découvert dans un hebdomadaire de filles et de chanteurs croisé chez le coiffeur les petits mots qu'elles lui envoyaient, avec une boucle de cheveux scotchée sur du papier à fleurs, un baiser imprimé au rouge à lèvres, des gouttes de parfum lentement évaporées. J'aurais juré que certaines d'entre elles avaient piqué mon texte, car j'avais écrit ces lignes sur un papier quadrillé aux bords déchiquetés après que je l'avais arraché à un cahier à spirale, et l'avais coincé sur la poignée de frein de leur Peugeot 103 en signant de mon prénom. C'était une erreur : rien que dans ma classe, nous étions deux à porter le même. Dans les jours qui suivaient, j'observais l'évolution des fréquentations de l'autre et j'étais déçu pour deux.

Je regardais les filles en baissant les yeux, parce que j'étais timide, un peu, et parce qu'elles étaient plus grandes que moi, beaucoup, mais à baisser les yeux on tombait sur des paysages troublants qui faisaient rougir. J'avais beau intensément les regarder, j'avais un an d'avance – héritage de mon CP, l'année scolaire la plus glorieuse de ma carrière, prix d'excellence, nom dans le journal, remise des prix et d'un livre à la salle des fêtes –, alors je voyais vraiment les filles avec un an de retard, je comprenais tout quand le moment était passé. La première fois que j'ai eu quatorze ans, les filles avaient déjà eu quinze ans, elles ne m'attendaient pas, je me dépêchais de grandir mais à chaque étape de l'adolescence j'arrivais à la bourre, dès que j'avais l'âge de quelque chose, je constatais que les autres avaient commencé depuis longtemps, qu'ils avaient parfois fini. L'injustice de ce décalage était considérable. À Saint-Étienne, Dominique Rocheteau était le plus jeune joueur du vestiaire, mais sa précocité n'était pas pénalisante au milieu des autres joueurs, ses presque semblables qui enviaient sa vie, parfois. Sa jeunesse était leur croix, ma jeunesse était la mienne.

Je confesse lui en avoir voulu, un peu. J'aimais le foot avant lui et j'aimais lui avant les autres. J'avais lu et relu les articles du *Progrès* et de *L'Équipe* qui avaient annoncé ses exploits pendant l'été 1975 face à Leeds, dans un match amical du mois d'août qui avait propagé la rumeur d'un prodige, j'avais vu France-Islande à la télé, sa première sélection, même pas dix matches de championnat de France dans sa vie, et il était devenu le joueur préféré de ceux qui n'aimaient pas le foot et toléraient seulement celui qui ne ressemblait pas à un footballeur. Cette fascination qu'il suscitait était une trahison, et il me fallait me souvenir qu'il l'avait subie, sans jamais l'avoir désirée, pour lui pardonner d'avoir été l'idole de ceux qui en trouveraient une autre dans deux mois, de ceux qui moquaient sa futile activité, de ceux dont il brisait l'ennui quand ils devaient attendre une semaine pour revoir passer Guy Lux et le grand orchestre de Raymond Lefèvre et ses crooners barbus, d'ailleurs je pensais toujours à Demis Roussos et à un documentaire sur les moutons écossais quand je lisais que les joueurs de l'AS Saint-Étienne se faisaient raser les jambes pour pouvoir se faire masser.

Je savais ce qui leur plaisait, la même chose que moi, et je m'en voulais. Dominique Rocheteau courait partout, comme ceux qui n'avaient pas son talent, et il parsemait les matches de moments de grâce, et il leur accordait un sourire timide qui était un charme absolu dans cette tempête.

À la télévision française, deux sortes de héros se voyaient offrir des surnoms : les sportifs et les catcheurs. Le rugbyman Jean-Pierre Rives avec sa chevelure blonde était Casque d'or. Dominique Rocheteau serait l'Ange vert.

Les catcheurs avaient été des vedettes de la télévision des années 60, ils arrivaient en deuxième partie de soirée dans le brouhaha et un nuage de fumée qui nappait le plafond de quelque salle parisienne, et les journalistes sportifs qui commentaient ces soirées avaient le droit de tout inventer, puisque tout était factice, sauf ces mines patibulaires, sauf ces dos voûtés qui allaient faire de vilains vieux, sauf ces noms qui faisaient d'une affiche au Cirque d'hiver quelques vers de poésie : en exclusivité mondiale à Paris, pour vous, madame, monsieur, autant oublier les demoiselles déjà couchées face à l'absence confirmée du prince charmant, un championnat du monde exceptionnel, le Bourreau de Béthune face à Chéri-Bibi, et puis le Dragon de Bagnolet face à l'Ange blanc toujours masqué ; quand un méchant qui l'avait coincé menaçait d'arracher son masque et de révéler enfin son visage, il ne tirait que les ficelles et elles étaient grosses.

Alors, l'« Ange vert » était dans l'air du temps, le premier journaliste qui avait écrit ce surnom n'était pas forcément le premier à l'avoir pensé, cela venait peut-être d'un quidam dans la foule, d'un habitué du fond du bar. J'ai toujours été fasciné par cette anecdote de Charles Trenet créant *La Mer* au piano et demandant à un copain de passer pour écrire la musique qu'il venait d'imaginer mais qu'il n'était pas capable de copier lui-même, et le copain était devenu rentier en droits d'auteur, il y avait son nom, Léo Chauliac, sur la partition, compositeur. Bon, celui qui avait pensé à l'« Ange vert » n'avait rien inventé de spécial, et celui qui l'avait écrit n'en percevrait aucune rente, mais en dehors de cela, en dehors du génie, de la gloire, de l'argent, de tout, c'était exactement la même chose.

Mais les anges sont maudits, ils ont les ailes fragiles et Dominique Rocheteau était blessé. Je parcourais le journal fébrilement, chaque matin ouvrable de ce mois de mai suspendu, je l'achetais en allant au lycée et il m'arrivait de le lire en classe, ou de m'installer sur le banc dans la cour devant la classe de sciences nat' après avoir refusé de disséquer un œil de bœuf, avoir demandé à sortir et avoir oublié d'attendre la réponse. Je faisais croire que je quittais la classe pour lire *L'Équipe*, mais je l'avoue aujourd'hui, c'était pour l'œil du bœuf, alors que pour *L'Équipe*, j'avais des ressources, j'aurais assumé de rester au chaud et de continuer de lire.

Je ne comprenais pas ce qui se passait avec Rocheteau. Le 3 mai c'était foutu, le 4 mai il allait gagner sa course contre la montre, sa cuisse allait mieux, le 6 mai il n'y croyait plus, alors moi non plus, mais le 10 mai son entraîneur laissait entendre qu'il allait jouer un quart d'heure de la finale. J'avais lu les détails de son traitement, le débarquement dans le vestiaire d'une huile du massage, un président d'un truc professionnel, mais président des kinés à main levée, président d'une chambre de spécialistes qui bossent avec des types allongés, quelque chose clochait, c'était de la poudre aux yeux, du perlimpinpin à sécher les larmes.

En fait le club ne savait plus quoi faire et l'ange accordait seulement sa confiance à Gérard Forissier, son ami et son kiné quotidien.

Il s'était claqué à Eindhoven, en demi-finale, le 14 avril. La cuisse droite, une douleur basse et lancinante, presque derrière le genou. J'avais commencé, moi aussi, à compter les jours. Un claquage, c'est six semaines. Du 14 avril à la finale du 12 mai, il en restait quatre. J'avais vu des photos de lui sur la table de massage, au stade Geoffroy-Guichard, et puis soudain on ne l'avait plus vu pendant plusieurs jours. Le club l'avait envoyé se reposer chez lui, à Étaules, en Charente-Maritime, là où la Seudre se jette dans la mer. C'était une manière pour le club et pour le joueur de se jeter à l'eau, cela aurait pu tomber sur Lourdes, mais va pour Étaules. À l'aube, il grimperait sur le bateau paternel et sillonnerait le parc à huîtres, on voyait de loin le calcul scientifique, l'air marin qui aurait soigné son âme qui aurait soigné sa cuisse. Le club avait soit perdu pied, soit perdu espoir. Personne n'aurait ainsi abandonné un joueur majeur dans la nature, loin des soins professionnels, à l'approche d'un rendez-vous susceptible de changer les vies, toutes les vies. Mais Saint-Étienne, si. Alors il avait rejoint la maison familiale, à sept kilomètres de l'océan, avait retrouvé sa chambre d'adolescent, pas de posters de footballeurs au mur, mais le quatuor Crosby, Stills, Nash and Young, et aussi Bob Dylan, la base.

Comme moi, Dominique Rocheteau attendait la finale de la Coupe d'Europe en comptant les jours dans sa chambre d'enfant. Comme moi, il était dérangé dans ses rêves quand sonnait l'heure de dîner. Ce qui nous séparait seulement, les jours de match, le reste du temps, était la nature même du compte à rebours. Lui, le repas, la sieste, la causerie de l'entraîneur, la collation avant de partir au stade. Moi, un jour d'école à rêver de débordements en regardant les platanes de la cour par la fenêtre, et une fois rentré à la maison, découper l'attente pour tenter de la maîtriser, la scander en temps de bandes dessinées pour la rendre plus supportable. À 20 heures, je savais qu'un Tintin, un Lucky Luke et un Astérix m'amèneraient exactement à l'heure du match, va pour *Le Sceptre d'Ottokar*, *Les Rivaux de Painful Gulch* et *Le Tour de Gaule*. Le seul problème était que, lorsque l'avant-centre passait la soirée à manquer le cadre à chacune de ses frappes, je repensais à la scène des *Rivaux de Painful Gulch*, quand les O'Timmins aux gros nez coinçaient dans une impasse un O'Hara aux grandes oreilles, ils lui tiraient dessus pendant une heure. Ils étaient tellement maladroits que le mur était criblé de balles mais le O'Hara n'avait rien, quand il s'échappait, à l'épuisement des munitions, on voyait se dessiner sa silhouette intacte, même les oreilles. Du coup, je pensais que c'était ma faute si, le match venu, l'avant-centre ne valait pas un cachou et s'était réveillé de sa sieste avec deux pieds gauches, s'il avait expédié le ballon partout, sur l'horloge, les panneaux publicitaires, le public, le dos du gardien qui regardait ailleurs, mais jamais dans le but. Les O'Timmins jouaient dans l'équipe que je supportais, et je le savais maintenant, j'aurais dû lire *Calamity Jane* ou *La Ville fantôme*, à la place.

Sentir filer les heures entre ses doigts au milieu des casiers à huîtres, sur le bateau de son père, pendant que toute la France regardait Saint-Étienne, c'était comme être astronaute et se retrouver à un barbecue dans le Nebraska pendant le compte à rebours à Cape Canaveral.

C'était se déshabiller de l'adrénaline des nuits stéphanoises et des admirations du pays pour glisser hors du monde, soustrait au temps, réintégré au cercle familial depuis longtemps quitté et si peu connu, aux côtés de ce frère plus jeune de sept ans, de cette sœur de douze ans sa cadette avec laquelle il n'avait pas grandi. Dans les premiers souvenirs conscients de celle-ci, Dominique était déjà parti, et quand elle le revoyait il était l'idole de toutes les filles qu'elle connaissait et de toutes celles qu'elle ne connaissait pas, elle ne devait pas savoir comment le regarder, l'envisager, le dévisager. Mais la fierté, bien sûr, irradiait la maison d'Étaules et son père, amoureux du football qui l'avait amené à un Bordeaux-Reims au milieu des années 60 parce qu'il voulait lui montrer, une fois, le grand Raymond Kopa juste avant qu'il ne quitte la scène.

Ces parenthèses étaient autant une manière de se ressourcer que de découvrir ce qu'aurait été une vie de famille en Charente, si jamais, au cas où. Mais là-bas aussi, à côté des mange-disques rouges dans les chambres des filles, il y avait le 45 tours de Monty, et l'autre, là, *Ah ce qu'il est joli le petit Rocheteau*, les Charentaises l'avaient toutes acheté, elles aussi.

L'anonymat lui était impossible avec cette allure et ces cheveux. Ils n'étaient pas un calcul mais une liberté accordée par l'époque, d'ailleurs il n'avait même pas de coiffeur : des copines de passage, un pléonasme, rectifiaient un peu la frange quand il l'avait coupée lui-même, sur certaines photos le combo longue chevelure bouclée et frange adolescente faisait bizarre, on aurait dit Irene Cara dans *Fame*. Il ne calculait presque rien mais le maillot sur le short, si, complètement. Celui-ci devait tout à l'hommage, rien au hasard. Jusque-là l'élégance commandait de le rentrer dans le short, mais Rocheteau adorait George Best, or George avait adopté la manie de laisser son maillot rouge numéro 7 tomber sur son short blanc, et Dominique faisait comme lui depuis qu'il l'avait aperçu un samedi de grâce de l'an 1971 à Coventry, où le grand Manchester United jouait en championnat d'Angleterre. L'Ange vert qui avait l'âge de frêles ailes disputait dans la région un tournoi international de jeunes avec l'AS Saint-Étienne. Les organisateurs avaient invité les joueurs au stade et lui n'avait regardé que George B., ce dribbleur au cheveu long mais à mèche courte qui explosait sans prévenir, un but, une enluminure inutile, un geste de classe ou de mauvaise humeur. C'était décidé, il n'aurait plus le moindre débat intérieur, il serait lui aussi un numéro 7 à la longue chevelure brune avec le maillot par-dessus le short, un dribbleur, il plairait aux femmes, mais il serait sage, moins que ce que l'on imagine mais plus que George B. Avec cette allure, avec ce jeu, neuf lettres sur dix avaient une odeur de parfum, un cœur dessiné au feutre, des initiales pour signifier facteur dépêche-toi. Il y avait aussi tout le courrier venu d'Afrique, adressé à Dominique Rocheteau, Saint-Étienne, France. Il arrivait toujours, l'Ange vert répondait parfois, il essayait.

Les filles l'attendaient régulièrement devant la porte de la maison qu'il partageait avec un autre stagiaire du club, Hugues Boury. Chaque midi, et jusqu'à deux fois par jour, il mangeait à l'Auberge de Saint-Héand, les patrons l'installaient dans une arrière-salle, c'est là qu'il recevait les journalistes et les copains, se sentir chez lui sans être obligé de faire la cuisine, la vie était belle. Il prenait les communications au téléphone, là-bas, il n'en avait pas chez lui.

Il allait bientôt se faire construire un chalet, dont le bois donnerait un son fabuleux pour la musique, ses enceintes Altec Lansing, sa batterie Premier Selmer. Il classait depuis longtemps ses 33 tours, jamais à plat, cela les aurait voilés, toujours droits. Il les achetait à La Farandole, à Saint-Étienne.

Il ne mettrait pas le feu aux nuits stéphanoises mais sa maison de Saint-Héand serait accueillante, et quitte à sortir le soir, autant s'éloigner un peu. Il ne jouerait jamais à Lyon mais s'y amuserait souvent, accompagné de ses copains du lycée du Portail-Rouge de Saint-Étienne où il a passé deux ans, ou alors accompagné, juste accompagné.

À Lyon, il assistait aux concerts, les Who au Palais des sports, Led Zep', Cat Stevens, les Animals, et si l'événement ou l'envie de partir le justifiaient, il prenait la voiture noire à capote blanche pour monter à Paris, comme le soir où Joe Jackson était en concert porte de Pantin. C'était ça ou le train PLM, mais tout le monde l'aurait reconnu, et à vingt ans la route était une liberté.

Le dimanche soir d'avant Glasgow, le 9 mai, il n'était pas monté à Paris, seulement à L'Étrat. Une réunion au sommet était organisée à la maison de Robby, les cerveaux de l'AS Saint-Étienne étaient groupés dans les parages, d'ailleurs le troisième homme, Pierre Garonnaire, habitait juste au-dessus, à une minute de sprint cahotant d'opéré de la hanche. Il était l'heure de prendre une décision. L'Ange vert était accompagné de Gérard Forissier, le kiné qui apaisait ses déchirures, malaxait la cuisse droite pour mieux sentir la lésion des tissus musculaires et tenter de la dompter avant qu'elle ne calcifie et ne s'installe. Le départ en avion pour la finale était fixé au lendemain, le lieu et le timing de la réunion traduisaient la volonté d'échapper aux témoins qui ne quittaient plus les entrailles du stade, mais aussi d'attendre le dernier moment pour donner du temps aux miracles du ciel et au travail de la médecine. L'Ange vert avait vingt ans, cette voix douce des timides, un débit lent qui lui permettait de commencer par écouter les autres et de leur laisser finir des phrases qu'il laissait suspendues. Mais la circulation de la parole était naturelle avec Robby, il se sentait à l'aise avec cette figure de l'autorité que les joueurs tutoyaient, la distance entraîneur-entraîné n'était pas un mur entre leurs générations et leurs caractères.

Reculer la décision n'avait rien changé, la douleur n'avait pas déserté la cuisse droite, elle le hantait, il la sentait même dans les rares minutes où elle se cachait, mais quand il portait la main à sa cuisse ce n'était pas pour s'assurer de sa présence, c'était en rêvant que la zone douloureuse se rabougrisse, c'était pour toucher à quelque chose qui aurait ressemblé à l'espoir.

Il ne pouvait pas jouer à Glasgow, ou alors seulement quelques minutes : il serait remplaçant, c'était la décision prise à L'Étrat, et la médecine qui n'avait pas pu le soigner soulagerait sa douleur, au moins, le temps d'une injection effectuée à la mi-temps, le plus tard possible. Ce n'était pas un produit douteux, c'était de la Novocaïne, elle endormirait le mal et les noires idées, il gagnerait l'illusion de la légèreté et d'ailes neuves, et quand il serait rattrapé par la défense, par la réalité et par la douleur, il aurait eu le temps de répandre l'or et la gloire sur le camp vert.

La nuit le haut fourneau mijotait ses dollars
Bernard Lavilliers, *Les Barbares*

Il faudrait toujours commencer par expliquer la naissance du football. Au commencement du jeu étaient les grandes familles et Dieu, dans un ordre indifférent.

Un jour, le septième, il a été décidé que l'homme rendrait grâce au Créateur plutôt que d'aller travailler. Accessoirement, cela le reposerait de son esclavage. Face à tant de liberté, il lui a été fortement suggéré de ne pas se lever trop tard et de se rendre à la messe. Cependant, même après le repas familial, même après un gigot-pommes de terre, surtout sans gigot, il lui restait une après-midi entière d'oisiveté. Et puisque même en sortant de la messe l'homme est faible, puisque l'absolution matinale de ses péchés lui permettait d'aborder le reste de sa journée de repos avec un casier spirituel virginal, l'homme s'est rendu dans des lieux de plaisir et de débauche, une guinguette pour guincher, un café avec jeux de boules pour s'envoyer derrière la cravate, au prétexte de l'activité physique pratiquée, un rouge limé qui aurait beaucoup de petites sœurs. Avec un peu de chance, il aurait suffisamment de choses à se faire pardonner d'ici au dimanche suivant.

Peut-être par culpabilité d'avoir déclenché les libations avec leurs burettes matinales, les prêtres ont commencé à songer à la manière de soustraire leurs paroissiens et les nombreux enfants perdus à la tentation de l'alcoolisme. Ils ont songé au football ; la place de ce jeu repose sur la volonté de ceux qui contrôlaient l'âme et l'emploi du temps de l'homme de ne pas l'abandonner à l'errance du septième jour. Après avoir autant bataillé à maîtriser le reste de la semaine de leurs employés, les grandes familles ont entrepris la même démarche sociale et humaniste. Il y aurait les clubs de patronage, l'AJ Auxerre, stade de l'Abbé-Deschamps, et les clubs des patrons, l'AS Saint-Étienne, couleurs de Casino, stade Geoffroy-Guichard, fondateur de Casino. Ils s'affronteraient, créeraient une rivalité, les rouges et les curés, pourtant ils s'étaient mis d'accord, pourtant le monde qu'ils venaient d'organiser et de diviser consoliderait leur règne.

Aller le dimanche matin à la messe pour oublier que l'on va mourir, passer le dimanche après-midi au stade pour oublier que l'on est exploité et que l'on mourra fatigué. C'est une organisation double et complice, les deux se complètent, le match de l'après-midi vise à se soustraire à l'égalité finale et éternelle, c'est une enfance perpétuelle pour oublier les vieux os. Alors c'est ça, ils s'y sont mis à deux, le clergé et les grandes familles industrielles. Les patronages envoyaient les gamins au foot quand la menace de l'enfer était une douceur pour les enfants de la mine, les patrons organisaient le club pour créer une appartenance clanique et favoriser l'oubli jusqu'au lundi. Ils disaient que c'était aussi pour les éloigner du bar et de l'addiction, comme s'il ne fallait surtout pas qu'ils meurent avant de mourir au travail.

Les boules, les sarbacanes des baveux, les pigeons voyageurs, les Verts et Johnny, c'était la culture ouvrière des années 70, survivances de l'après-guerre, mais on aurait dit quoi de la vie des grandes familles ? Les Guichard s'étaient occupés du ballon, ça oui, mais pas tellement Geoffroy, aussi célèbre avec son trait d'union et Guichard, que « vélodrome » ou « municipal », les autres noms de stade qui annoncent l'événement et la fièvre. Pour le foot, c'était plutôt Pierre, le créateur de l'AS Casino, le fils de bonne famille et de Geoffroy.

La famille a aimé le foot. Elle l'aime encore, sûrement. La couleur verte vient de la première équipe corporative de Casino. Le nom de Casino vient du premier magasin ouvert par Geoffroy Guichard, en 1892, à l'emplacement de l'ancien casino lyrique. Il y a toujours un hasard originel.

La famille a le sens du commerce et de la litote, ce qu'elle présente comme une épicerie est une halle immense, voûtée comme une basilique, et à l'étage l'appartement familial ouvre sur le magasin, les employés le désignent comme le « Sénat », c'est comme cela que tout a commencé, puis les magasins se sont additionnés, avant de se multiplier.

Il est possible que la famille aime le peuple. Avant 1920, elle a décidé de créer une caisse de prévoyance et de décès, une prime à la naissance, la construction de logements ouvriers, les allocations familiales. Et un club de football. Tout se décline dans le social, le paternalisme social, le contrôle social, les œuvres sociales.

Le stade occupe trente-huit mille mètres carrés achetés par Geoffroy Guichard en 1931 par souscription, et il était lui-même le principal souscripteur.

La famille a déjà eu la folie des grandeurs avec le début du professionnalisme. C'était mieux que le faux amateurisme, et ces vedettes du dimanche après-midi qui, cinq minutes avant le coup d'envoi, refusaient d'entrer sur le terrain si le président ne leur donnait pas une prime. Mais elle ne savait pas faire, la famille, à la fin des années 30 elle recrutait n'importe comment, elle n'aurait jamais procédé ainsi pour ses ingénieurs, mais puisqu'il n'y avait pas d'études supérieures pour avant-centre, puisqu'un bon joueur n'était qu'une rumeur, puisque la méritocratie de ce jeu ne se mesurait qu'au classement des buteurs, elle prenait pour base l'hebdomadaire *Football*, qui citait les trois ou quatre meilleurs joueurs de chaque match, inscrivait les noms sur un grand répertoire, ajoutait les citations et faisait les comptes. Et à la fin de la saison, la famille se déplaçait, allait chercher le Yougoslave Yvan Beck, lui offrait deux mille francs par mois en rêvant de dominer le football français, mais elle constatait que le sens de la fête de la recrue dépassait encore son sens du but. Définitivement le football était une activité peu fiable. Et puis il fallait entendre, pour prix de cette politique de mercenaires, la rumeur prétendre que l'AS Saint-Étienne était le club des milliardaires, il ne manquait plus que ça, dans cette ville où il fallait combattre à la fois la visibilité de l'argent et l'idée qu'il fût gaspillé.

Avec ses grosses lunettes rondes, avec son statut de sixième des sept enfants et dernier fils de Geoffroy Guichard, avec sa scolarité à l'école des Roches, en Normandie – l'école nouvelle pour les élites nouvelles, selon le slogan –, Pierre Guichard était devenu président à vingt-six ans. Il avait payé pour apprendre que l'argent ne suffit pas. Mais il avait continué de promener quelque chose d'une sincérité dans les couloirs du stade qui portait au fronton le nom de son père. Il délègue, il s'éloigne, il revient, toujours on sait où les trouver, lui et son argent.

Pour éviter que les joueurs de l'AS Saint-Étienne ne soient réquisitionnés par le régime de Vichy, pendant l'Occupation, pour porter les couleurs d'une région plutôt que d'un club, la famille Guichard avait établi de faux contrats de travail à l'en-tête de Casino pour justifier de l'impossibilité pour le joueur de rejoindre Lyon ou même une région plus lointaine.

Les autres grandes familles de Saint-Étienne avaient rompu avec le peuple au moment de la grève des cent jours de 1937. Face à tant d'ingratitude, le père Mimard, qui avait promis de léguer la Manu au personnel, avait fait changer son testament, la ville de Saint-Étienne devenait son légataire universel, il avait soudain choisi des héritiers sans visage. Il resterait sous son portrait, lorgnon, moustache et barbiche, accroché sur un haut mur de son hôtel particulier de la place Badouillère, cette légende datée du XIXe :

« Dans ce siècle de bluff, nous procédons par ce moyen très simple : la loyauté en affaires. »

Les Guichard, les Mimard, Casino, la Manu ont dominé la ville, figurant deux grandes familles dissemblables. Étienne Mimard n'avait pas d'héritier alors que les Guichard ont un arbre généalogique comme un dédale, et voilà que Manufrance vit sur le maillot des Verts son chant du cygne ; on ne peut pas encore parler sans preuve de fausses notes qui ne soient pas musicales, mais les dirigeants successifs de l'entreprise accumulent les erreurs de gestion. Lorsque les syndics, plus tard, viendront solliciter les Guichard pour reprendre une partie des actifs, la grande famille se bouchera le nez et les oreilles à la lecture des bilans et des orientations catastrophiques. Manufrance n'a jamais été aussi connue que dans les années où elle était déjà morte, elle creusait sa tombe et son déficit dans le même effort sous les vivats.

En 1976, Pierre Guichard est l'un des cinq enfants de Geoffroy Guichard encore vivants. Georges s'est éteint en 1971 ; Pierre a soixante-dix ans, il est le cadet de Mario, Clémence et Paul, l'aîné de Colette. Il est le seul qui s'intéresse vraiment au football. Pour Geoffroy, le club n'avait qu'une fonction sociale, il voulait ancrer Casino dans la vie de vingt mille mineurs qu'il fallait distraire. Pierre, lui, est dans la dimension de la compétition.

Les grandes familles doivent résister aux jalousies, aux francs-maçons, aux banquiers, aux patrons de PME qui s'organisent en réseau, aux rumeurs. Pierre Guichard a demandé à Rocher de prendre le club en 1961, mais il continue de payer son double droit à l'influence et à la distance, il ne veut pas être exposé mais répond en abondance aux interviews avant la finale de la Coupe d'Europe, il laisse Roger Rocher planifier, décider, mais il organise dans la maison familiale de Feurs, construite par Geoffroy au début du XXe siècle, des déjeuners ou des dîners où Robert Herbin vient évoquer l'équipe et son évolution.

Pierre Guichard se déplace lui-même au club, et Roger Rocher sait s'en émouvoir. « C'est à moi de venir à vous », glisse le président, qui décrit son monde d'organigrammes et de plans quinquennaux, ou alors conduit la visite du nouveau siège social de son entreprise de travaux publics : « Vous voyez, je peux doubler mes effectifs sans construire un mètre carré de plus », s'enorgueillit-il auprès du patriarche des Guichard. Pour l'ancien prolétaire confronté à la grande famille, la fierté se mêle toujours au complexe.

Le reste du temps, Pierre Guichard reçoit dans le grand hôtel particulier situé au-dessus du cours Fauriel, aujourd'hui démoli, remplacé par un immeuble. Son fils le plus sensible à la vie de l'ASSE, Yves, n'en a pas suivi le cours au jour le jour. Les grandes familles, qui n'élèvent pas leurs enfants elles-mêmes, ne les gardent jamais longtemps à la maison, ils ont un monde à découvrir et un métier à apprendre, Saint-Étienne et la condition de rentier ne sont pas un horizon envisageable. Futur président éphémère du début des années 90, Yves Guichard passe huit années à l'école des Roches en Normandie, comme son père, mais juste après la guerre dans une école bombardée le décor ne peut pas ressembler aux souvenirs paternels. L'Eure est loin de Saint-Étienne, mais il ne manquerait plus que les enfants se plaignent de l'éloignement, à onze ans on est déjà un grand garçon, et ils ont le loisir de revenir trois fois par an, trois fois deux semaines. Les idées des grandes familles sur l'éducation des enfants impliquent de les éloigner. Une fois adultes, ils seront admis à la table, mais en attendant qu'ils déjeunent à la cantine, le voisinage du peuple leur apprendra plus sûrement la vie – et impossible de savoir si cet abandon de poste parental est une lâcheté ou une lucidité.

De retour à Saint-Étienne après que son père l'a envoyé à Reims puis en Belgique, Yves Guichard s'occupe un peu des finances et de la comptabilité du club au début des années 70, mais s'en détourne en 1974, juste avant le début de l'épopée européenne : parce que le soutien officiel de Casino est sujet à des éclipses, sa visibilité ne doit pas être permanente. Le contrôle vient de l'étage supérieur, dans la génération comme dans l'entreprise.

Les grandes familles vivent une vie de province dans le sens de l'annexion et du territoire. Il n'y a pas de grands travaux, le vent du siècle est au patron social, les châteaux sont des demeures bourgeoises derrière de grandes haies. Aux maîtresses plutôt qu'un Trianon on offre un studio en ville.

Le président doit être un type qui vous appelle « mon vieux », quel que soit votre âge.

À l'ère du football professionnel, les patrons seraient également présidents de club, comme cela le monde resterait immuable. Ce qui changerait serait le destin des enfants, la possibilité de la gloire des fils d'ouvriers, la possibilité de devenir des footballeurs mieux payés que leurs pères et un jour que leur patron. Un jour, d'ailleurs, le football n'existerait plus pour oublier le travail de la semaine, mais pour oublier qu'on ne travaille plus, que le chômage est là et que la classe ouvrière a disparu. Dans un ailleurs comme l'Angleterre, il resterait une culture du clan, cette certitude que ce qui peut sauver le supporter anglais n'est pas de croire en Dieu ou en la reine, mais de croire ensemble à la même chose, au même moment, au même endroit, un samedi à 15 heures, le plus souvent. Il n'y a pas d'ambiguïté sur le sens du football ni sur sa place dans la semaine, et dans une vie : c'est une métaphore, ou une répétition générale.

J'avais des boots blanches,
Un gros ceinturon
Michel Delpech, *Quand j'étais chanteur*

Ce qui manque quand tout s'arrête, c'est le bruit des crampons en alu sur le béton du couloir des vestiaires, une solidarité de frères d'armes qui crépite. Le camphre qui pique le nez, le sentiment de force ou de peur, selon les jours, en enfilant un maillot propre comme une cape, le battement du cœur en se levant du banc lorsque retentit le coup de sifflet de l'arbitre qui appelle au combat, la rumeur du stade dans le couloir qui mène au terrain, et soudain la lumière, la clameur.

Ce qui manque quand tout devient un souvenir, c'est le sentiment d'être une équipe, le regard des autres, les mots d'encouragement et de fraternité, le bonheur des victoires difficiles et que l'on n'a pas méritées, les triomphes trop larges offrent une plénitude passagère, et rien n'est plus fort que de remporter un combat perdu d'avance mais arraché à l'évidence.

L'équipe met en valeur l'individu et le nie dans le même élan, elle l'avale et le restitue selon son talent, souvent, selon son image, parfois. En 1976, Saint-Étienne était une équipe qui ne se quittait plus et ne cooptait personne. Depuis 1973, personne n'était arrivé, ceux qui étaient partis avaient depuis longtemps perdu leur place et leur influence, sauf Bereta, « Bérette » pour toute la ville, le gaucher stéphanois fils de mineur polonais envoyé à l'OM pendant l'hiver 1974. Le club avait fait venir deux étrangers, le Yougoslave Ivan Curkovic et l'Argentin Oswaldo Piazza, et c'était tout, d'ailleurs Piazza était tellement catastrophique sa première saison que Herbin l'avait fait jouer ailier droit, et puis il était devenu ce bison de la défense, on ne voyait plus que cette crinière les soirs de grandes chevauchées, ce torse puissant moulé dans le maillot vert satiné, il faisait passer une électricité à Geoffroy-Guichard.

S'il avait été brun, gros, chauve et bavard, Robert Herbin, ci-devant l'entraîneur, n'aurait pas fait la même impression. Rouquin, sec comme un pied de vigne, une tignasse longue, bouclée et indomestiquée, silencieux et distant, il compose un Sphinx selon l'invitation donnée par son surnom.

Il a trente-sept ans, un corps d'ascète et de rousseurs qui aime le soleil, le monde est mal fait. Il lui arrive les jours d'été de changer de côté au milieu de la séance d'entraînement pour bronzer de face comme de dos ; ils ont tous raison, le sport de haut niveau se joue sur des détails.

Il n'est pas stéphanois mais c'est son pays, il avait seize ans quand il a débarqué à la gare de Châteaucreux avec une valise à clous, des étiquettes attachées à la poignée par du fil de fer, deux fermoirs en acier, un pantalon de toile claire remonté très haut au-dessus du nombril, chaussettes rayées et mocassins, chemise à large col, un livre d'espionnage dans la main gauche – une aventure de Malko Linge, semble trahir la photo, le fils de musicien aime aussi les airs populaires.

Il n'a pas fait le deuil de sa carrière de joueur ni de sa jeunesse, il était déjà entraîneur depuis trois ans quand il a disputé un dernier match professionnel contre Troyes. Le titre 1975 était en poche, les Verts lui ont laissé tirer un penalty, cela devait montrer l'esprit d'une équipe, l'union de sa tête pensante et de ses jeunes jambes, mais ce n'était pas un beau geste, ils n'avaient pas eu le choix, ils ne pouvaient pas se dresser contre leur entraîneur comme ils l'auraient fait contre un attaquant égoïste. En voulant montrer au monde qu'il était encore capable d'être joueur, à trente-six ans, trois années après sa retraite, il a plutôt fait passer le message que même le chauffeur du bus aurait pu jouer dans une équipe pareille sans que personne ne remarque rien.

C'est un fantasme dont il peine à se séparer, ou alors une prétention. Ce n'est pas qu'il se lasse des draps de la statue du commandeur du bout du banc, c'est peut-être, seulement, que sa volonté de tout contrôler s'étancherait mieux s'il pouvait régenter de l'intérieur, se déshabiller de l'impuissance de l'entraîneur pendant les matches, et il y a ce mythe de l'éternelle jeunesse qu'il entretient comme ce corps sec et musculeux si facilement exhibé. Les jours de chaleur, il est pieds nus dans ses baskets, seulement habillé d'un short qu'il retrousse légèrement pour réduire la part de l'ombre et du tissu, s'il est le Sphinx, il a épousseté la marque des siècles, repoussé le sable et les rides. Un sphinx, c'est un corps de lion et une tête d'homme, alors que Robert Herbin porte crinière, l'époque caricature et amalgame, mais ça ne fait rien, le trait est venu du vestiaire, d'un joueur qui avait un peu de culture et lu dans Astérix comment Obélix avait marché sur le nez du sphinx de Gizeh.

Le 12 mai, jour de la finale, est parcouru par la rumeur de sa présence comme joueur sur la feuille de match, au titre de remplaçant. Aucun des joueurs ne s'en souvient. Cela ne semble sérieux aux yeux de personne. Mais lorsque

Jacques Chancel lui pose la question, pendant son émission *Radioscopie*, Roger Rocher ne semble pas tomber de la lune : « Il n'y est pas encore. Mais je crois qu'il y a une place, à lui de décider. »

Il ne l'a pas fait. Il lui fallait préférer des jeunes joueurs du club pour envoyer le message de l'avenir, et repousser le reproche de penser à lui un soir de finale, un soir où il doit être le guide de tous les autres.

Il en veut à ses joueurs, peut-être, de connaître tout ce qu'il n'a pas vécu. Dans les interviews, il est gêné quand on lui demande s'il aurait envie de jouer encore parmi eux, et sa seule manière de retourner la question est une façon de dessiner en creux sa prétention comme ses regrets, il glisse qu'il ne se sentait pas de limite quand il était lui-même joueur, mais qu'il était dépendant des autres, c'est pour cela qu'il est devenu entraîneur, afin que tout dépende de lui, enfin. Ce qui fait la différence c'est l'organisation, c'est lui, en somme.

Un jour qu'il bataillait dans son bureau pour le convaincre, son dernier entraîneur à Saint-Étienne, Albert Batteux, amoureux des mots et de la dialectique, avait osé : « J'ai peut-être tort de vouloir toujours avoir raison mais tu n'as pas raison de ne jamais vouloir avoir tort. »

Il a toujours fait peur aux jeunes journalistes. Après les Verts, après les matches, dans les autres clubs où il courait vainement après une réussite qui entretiendrait le mythe, il triait les questions de manière générationnelle, entre ceux qui disaient « Robby » et « tu », et ceux qui n'osaient pas, qui ne l'appelaient pas mais se jetaient à l'eau. Mais sans le prénom avant la question, sans le « Robby » inenvisageable ni le « monsieur Herbin » ridicule, sans un préalable social qui réduise la distance ou instaure le respect, on avançait sur un fil, et quand on avait l'impression de lui tendre la perche on tendait l'autre joue.

– C'était un match difficile...

– C'est votre jugement.

– Mais votre équipe a donné l'impression de...

Il coupe :

– C'est votre impression.

– Avez-vous commis des erreurs ?

– Qu'est-ce que c'est qu'une erreur ?

– Comment voyez-vous la suite de la saison ?

– Je ne suis pas devin.

C'était moins l'agressivité du timide que le mépris de l'entraîneur. Il avait choisi les journalistes avec lesquels il parlerait, comme il avait choisi le club avec lequel il réussirait, échouant dans tous les autres.

Il n'a soulevé un sourcil devant mes questions qu'un jour où il était en campagne pour devenir sélectionneur de l'équipe de France, en novembre 1993, et que je me proposais pour *Le Progrès* de relayer sa candidature. L'ancien commandeur des Verts était entraîneur du Red Star, un autre club professionnel français au maillot vert, un autre club mythique et ouvrier, où il était surnommé « VSD », ce qui était sévère, parce qu'il arrivait le jeudi, livré par le TGV du matin. J'avais eu rendez-vous dans son bureau de Saint-Ouen, de l'autre côté de la rue du stade Bauer. Il m'avait fait asseoir et m'avait demandé une minute. Cela avait duré beaucoup plus longtemps, sans un mot, cependant qu'il se battait avec son petit transistor, un poste de radio promotionnel aux couleurs d'Europe 1, un carré aux molettes sans précision et aux antennes aléatoires, d'ailleurs c'était pour cela qu'il bataillait, il cherchait à relier le fil d'antenne à sa fenêtre à bascule, tentait sa chance avec du Scotch, réorientait. Et quand France Musique avait un peu moins grésillé, quand le fond musical avait fini par lui convenir, il s'était assis, et avait presque paru s'impatienter face à ma première question qui tardait à venir.

*

En ces soirées de 1976, il fume sur le banc. Des cigarettes, le plus souvent, mais même la pipe, comme son président, et quand le stress est trop fort c'est le doc qui lui allume sa clope, dans les grandes batailles l'ordonnance n'est jamais loin.

Il ne bondit jamais. Ou alors à contretemps. C'est un signe de contrôle absolu ou un snobisme, une posture, tout ce qui pourrait caresser l'idée d'un Sphinx dans le sens du pelage. Le rouquin se sert du mythe, assume la réalité, il est facile de parler avec lui mais il s'exprime peu. Avec les joueurs, c'est pareil. Il a apporté une culture moderne de l'effort, il a compris que le jeu appartiendrait désormais, aussi, à ceux qui courent le plus, et le plus vite. Son discours est banal : la faculté de se transcender, l'abnégation, la force collective. Ce sont les années qui passent et l'usure des formules simples qui contribueront à le moquer, mais il correspond à l'époque, c'est assez limpide et assez bref pour que les joueurs ne s'échappent pas dans leurs pensées en entendant un bruit de fond.

D'abord, courir. C'est le préalable et l'aboutissement, l'alpha et l'oméga. La religion de l'effort n'a pas besoin de foi, seulement de pratiquants. Mais elle nécessite pour se développer un cadre qui la conforte. C'est peut-être pour cette raison que le rouquin mystérieux ne réussira nulle part ailleurs, lui aussi enfermé dans une ville et dans une époque, comme si, en dépassant les frontières de Saint-Étienne et des années 70, il parlait soudain un langage que personne ne comprenait plus.

Il n'y a pas de barrière, pas de « monsieur » ni de vouvoiement, c'est donc « Robby » et « tu », d'ailleurs il se promène nu au milieu des joueurs, partage leur sauna, n'a pas envie de ressembler aux modèles connus, se déplace sur l'échiquier dès que d'une case il ressent l'enfermement. L'orgueil et l'esprit de contradiction l'accompagnent. Joueur, les observateurs le voyaient comme un défenseur central, il revendiquait une place au milieu, plus haut sur le terrain, pour la liberté, la créativité, le plaisir de confondre ceux qui avaient voulu le contraindre, et dans un livre il avait assuré que s'il lui était arrivé de connaître des hauts et des bas comme les simples mortels, il n'avait jamais été mauvais sur un terrain. Si le public le sifflait pour un geste qu'il avait eu raison de tenter, il continuait de le faire – et même quand il avait tort. Après tout, on confondait peut-être le mystère avec cette fierté, et s'il était difficile à connaître ce n'était pas parce qu'il était complexe et difficile à cerner, c'était seulement parce qu'il était souvent de sale humeur, et plutôt que de cacher un vrai secret ou une grande profondeur, il n'arborait qu'un foutu orgueil comme une barrière, une haie touffue de mauvaises herbes pour se soustraire aux regards et à la proximité.

Le mythe d'une trinité à la tête du club ne résiste ni à l'analyse ni aux souvenirs. Roger Rocher et Robert Herbin, d'accord, mais Pierre Garonnaire est un bras droit de plusieurs corps. C'est lui qui avait construit cette équipe par son œil et son recrutement. Il n'aurait jamais autant de réussite par la suite, soit que le monde ait rapidement changé, puisque Roger Rocher chercherait des vedettes du jeu quand Garonnaire avait dans l'idée de les repérer dans l'anonymat de leur jeunesse, soit que lui-même ait un peu abandonné face à la certitude qu'il ne ferait jamais aussi bien. Sur les joueurs de 1976, il ne s'est presque jamais trompé.

Les Verts se battent pour jouer, et quand ils sont dans l'équipe, ils peuvent se battre pour le pouvoir, ou pour l'influence, pourquoi s'embêter à vouloir devenir Louis XIV quand on peut être Mazarin. Ivan Curkovic est le leader et Jean-Michel Larqué le capitaine.

On ne sait pas où finit la psychologie, où commence la science, et c'est peut-être l'inverse, au fond, mais en 1973 un neuropsychiatre a fait passer des tests simples aux treize joueurs professionnels de l'AS Saint-Étienne. Un ne se sentait pas à l'aise, un autre n'a rien dit, ou ne s'est pas prononcé, après tout on extrapole, et onze ont fait savoir que tout allait bien. Tous estiment qu'il y a une hiérarchie dans l'équipe, et un seul pense que c'est une mauvaise chose. Un seul, encore, pense ne pas être moins bien traité financièrement que les autres, et l'on se dit que c'est peut-être le même. Un seul, toujours, avoue mal s'entendre avec l'entraîneur : il y a probablement ceux qui n'osent pas le formuler et craignent que l'anonymat des réponses ne soit pas respecté. De toute façon c'est le début de l'ère Robert Herbin, les joueurs ont le sentiment d'être entraînés par l'un des leurs, il n'y a pas de barrière, pas encore, ou pas très haute. Mais ils ont chevillé au corps la prétention de mieux connaître leur activité en la pratiquant que les autres en la regardant : ils sont dix sur treize à assurer que les critiques venant des autres joueurs sont mieux fondées que celles qui viennent de l'entraîneur.

Le capitaine est Jean-Michel Larqué, je lui ai serré la main au cœur même de la fièvre verte en espérant la contagion et lui ai fait signer la page de garde de sa biographie un dimanche après-midi au stade municipal de Péronnas. *Le Progrès* avait annoncé sa venue, dans un match à trois cents spectateurs entre mon club de Bourg-Péronnas et son équipe de L'Étrat il n'avait aucune chance de m'échapper. Avant le match, pendant le lever de rideau, il était debout le long de la main courante, il m'avait fallu du temps pour l'approcher.

Une fois le courage conquis, notre entrevue avait été brève, il avait signé en continuant de parler à quelqu'un d'autre, il me semble, ne m'avait même pas demandé mon prénom, le feutre avait écrit « Amicalement » avant d'enchaîner par la signature. J'avais assisté au match en gardant mon livre devenu précieux et que j'ai perdu, plus tard.

Un jour d'anniversaire, mon parrain m'avait emmené chez Manufrance, et je me doutais qu'il n'allait pas m'acheter une perceuse ou une carabine, on était revenus avec un maillot vert à liseré bleu-blanc-rouge, avec la publicité Manufrance sur le ventre et le numéro 8 dans le dos, celui de Jean-Michel Larqué, je ne me souviens plus si c'était mon premier choix ou s'il n'y avait plus de Rocheteau. Je l'avais mis quelques semaines mais étais en pleine croissance : il avait été rapidement rendu à sa condition de relique.

Jean-Michel Larqué est capitaine. La distinction, comme une élégance ou comme une récompense, est un bout de tissu noué autour du bras. Il fait du joueur un meneur de jeu avec des galons, l'homme qui porte le fanion qu'il faudra échanger avec l'adversaire, qui serre la main de l'arbitre et essaie de remporter le pile ou face pour choisir d'avoir le ballon au coup d'envoi ou élire le côté du terrain dans lequel son équipe débutera, qui brandirait le premier le trophée arraché par tous, et qui resterait sur les photos pour la postérité.

Il y a chez lui le filigrane d'un regret, d'une lucidité sur le rapport entre son talent et sa reconnaissance internationale, et cette lucidité est en résidence permanente à la lisière de la prétention. Il a compris depuis longtemps que son destin était de passer à côté de quelque chose de plus grand, il n'aurait pas dû poursuivre ses études jusqu'au professorat d'EPS, cela avait affermi sa culture et sa réflexion, lui avait donné une aura et une dialectique qui tranchaient au milieu de ses frères, de ses confrères et de ses faux frères du vestiaire. Cela avait plu très vite aux journalistes et ce petit cercle médiatique était vicieux, plus il plaisait à la presse et plus le vestiaire s'agaçait. Il y avait à la fois chez lui le besoin d'une singularité et le désir de porter la collectivité et d'être porté par elle en retour. Mais plutôt que ces études qui l'avaient soustrait aux rythmes d'entraînements des joueurs de son rang, il aurait pu prendre plus de temps à perfectionner son art, être un peu plus tôt incontesté, gifler les malentendus qui l'escortaient. Enfin, peut-être.

La relation avec Herbin est parasitée par l'aura du capitaine et du meneur, et l'ambiguïté est entretenue par cette allure de contre-pouvoir à l'intérieur du vestiaire, du moins dans les périodes où Larqué est populaire à l'intérieur. La seule constante dans le vestiaire est l'influence de Curkovic. Car quelques coéquipiers et tous les concurrents moquent le short resté blanc et immaculé de Larqué, même les soirs de terrain boueux. Le capitaine et l'entraîneur ne le savent pas, mais aucun des deux ne réussira vraiment sans l'autre, et après le départ du joueur en 1977, Herbin se recroquevillera sur sa légende, offert à l'usure et plus tard à la rupture, oublieux de ses anciennes fiertés qui laissaient supposer à ses joueurs que, le jour venu, il se retirerait comme Brel aux Marquises, et ce n'était pas les îles qui comptaient, ses collines de L'Étrat pouvaient aussi bien faire l'affaire.

Herbin avait peut-être trop cru en ses méthodes et pas assez aux hommes. Il pensait sa façon d'entraîner applicable à d'autres latitudes et à chaque génération, mais seuls ces joueurs-là lui auront donné un sens. C'est leur solidarité et le lien impalpable entre eux qui auront fait de lui un entraîneur craint, respecté, longtemps admiré, pourtant il a cru à une réussite quasi scientifique et personnelle quand il s'agissait du triomphe de l'empirisme et d'un esprit collectif.

C'est un vestiaire avec ses histoires, ses surnoms. À quatorze ans, Hervé Revelli est descendu à la mine, chez lui, à Gardanne. Il dit qu'il a compris, qu'il n'y est jamais retourné, que le lendemain il commençait à apprendre le métier de menuisier, qu'être footballeur était un paradis. Les autres l'appelaient Maspi, rapport au feuilleton télé, on ne disait pas encore « série ».

Christian Lopez, c'était Jeannot, et très vite plus personne ne se souviendrait pourquoi, il fallait le trouver, franchement. C'est parce qu'il courait sur la pointe des pieds, les fesses en arrière, comme le défenseur de Lyon Jean Baeza, lui-même surnommé Jeannot.

Christian Synaeghel, tout le monde savait pourquoi il était surnommé le Ch'ti : il était né à Leffrinckoucke. Un taiseux. Il disait bonjour en arrivant, au revoir en partant, et le reste du temps il courait. Avec Alain Merchadier – personne ne savait pourquoi on l'appelait Camion –, ils formaient deux pôles opposés, et le Ch'ti était silencieux pour deux.

Les Verts portaient en bandoulière l'esprit de Saint-Étienne avec un seul Stéphanois. Gérard Farison, l'arrière gauche, est leur lien avec ceux qui sont debout derrière le grillage. Quand il était stagiaire, il gagnait 1 100 francs par mois, c'était mieux que son boulot adolescent de réparateur de métiers à tisser. Il est de Terrenoire, un nom qui invite à se souvenir d'où on vient, et quand le club a anéanti ses espoirs en lui annonçant qu'il ne passait pas professionnel, il est allé voir son ancien patron, qui était d'accord pour le reprendre, mais Farison a demandé à réfléchir.

Et après les deux mois d'été il était exactement là où il avait envie d'être, au milieu de l'équipe réserve de l'AS Saint-Étienne. Ils n'ont pas osé le renvoyer chez lui, puisqu'il avait dit qu'il jouerait bénévolement, et puis au bout de quelques semaines ils lui ont proposé 800 francs mensuels. C'était moins que ce qu'il avait avant, mais c'était sa victoire, ils auraient dû savoir qu'en le mettant à la porte il reviendrait par la fenêtre. Une fois installé personne ne l'a bougé, il allait vite, ne se plaignait jamais, posait des « brins », même si c'était à courte vue, il y avait autant d'avenir que dans le métier à tisser. Gérard Farison, c'était Tachan, parce qu'un jour à Paris ils avaient vu des affiches du chanteur Henri Tachan et jugé qu'il lui ressemblait, avec ses cheveux bouclés et ses rouflaquettes.

Et Gérard Farison ne jouera pas à Glasgow. Les gars de Nîmes, des brutasses, sont passés par là, quelques jours plus tôt. La fièvre verte leur est montée au front. Comme l'époque le disait, ils ont haussé la « hauteur de coupe », à hauteur de la gorge, et même en visant bas ils ont pu attraper le genou de Farison et la cheville de Christian Synaeghel. C'était un match à ne pas montrer aux enfants, les coups sont tombés sans prévenir, par-derrière, les supporters stéphanois criaient « Nîmes assassin ! » ou « Ils sont jaloux ! », mais Farison et Synaeghel pleuraient, les larmes glissaient doucement sur leur visage en emportant leur rêve de disputer une finale de Coupe d'Europe une fois dans leur vie.

En arrivant au stade, Paul Calabro, le président de Nîmes, s'était plaint à Roger Rocher :

– Dans le car, nous avons entendu cinq fois le disque *Allez les Verts* à la radio.

– Il fallait changer de radio, a répliqué le président stéphanois.

Le thème était trouvé. Marre de ces héros. Calabro, à la fin du match : « Alors c'est comme ça ? Il ne faut pas les toucher ? » Son entraîneur, Kader Firoud, pour qui le football a toujours été une intimidation et un combat en trente années passées sur un banc d'entraîneur, lançait : « Ils vont tous jouer à Glasgow, ils ont fait du cinéma. »

Pas de cinéma, mais une photo. Quelques jours avant Glasgow, avant la finale, Gérard Farison pose en famille, dans son jardin, sa jambe droite dans le plâtre appuyée sur un siège de jardin en plastique, son épouse et ses deux filles à ses côtés. Les footballeurs de l'époque n'engagent pas d'avocat pour défendre leur vie privée, ils ouvrent leur porte et les journaux spécialisés empruntent à l'occasion aux albums de famille, ils n'ont pas besoin de chercher à faire croire qu'ils sont des enfants du peuple devenus une classe moyenne supérieure, c'est leur vie. Quand

Jean-Michel Larqué pose avec son épouse et ses deux enfants au bord d'une piscine, ce n'est même pas la sienne, il vit en appartement. Il gagne vingt fois le smic, c'est entendu, mais un gros salaire de Ligue 1 aujourd'hui gagne deux cents fois le smic.

Gérard Farison et Christian Synaeghel sont privés du match qui allait définir tous les autres. Il leur faudrait longtemps pour comprendre qu'ils seraient aussi célèbres d'en avoir été privés, et la vie pour s'en consoler, il n'y avait rien de plus haut, il n'y avait pas de deuxième acte dans l'existence européenne d'un footballeur stéphanois. Gérard Farison avait obtenu une sélection en équipe de France comme une légion d'honneur, une rosette pour un grognard, contre la Pologne à Lens en 1975, un jour que la moitié de l'équipe était occupée à autre chose. Il avait trente et un ans et il allait courir moins vite, très vite.

Christian Synaeghel avait trois poumons, louaient les chroniqueurs, mais la double panne de réacteurs était proche, il se dirait très vite qu'il avait tout donné, trop donné, que seul Saint-Étienne avait apporté du sens à son jeu et extrait le meilleur de cette timidité, de ce joueur qui courait pour les autres sans jamais leur parler.

À Glasgow, Synaeghel sera remplacé par Jacques Santini, un très bon joueur, un susceptible, un rancunier, tout à la fois porté et freiné par ses principes, mais qui deviendrait le meilleur entraîneur de tous. Chez quelques joueurs limités c'était le signe d'une carrière à réfléchir, à compenser ses limites, à anticiper la course de l'adversaire ou du temps, mais lui non, lui il pouvait évoluer à n'importe quelle place du milieu et même avant-centre. Il n'était pas populaire parce qu'il n'était pas capable de chercher à plaire aussi souvent qu'il assumait de déplaire, alors qu'il aurait suffi d'être un peu curieux pour constater qu'il était là à chaque fois qu'il se passait quelque chose de grand. Contre Kiev par exemple il était entré en jeu à la quatre-vingtième minute à la place de Jean-Michel Larqué, il restait quarante minutes et l'exploit à aller chercher, et il était là, il avait donné l'avant-dernière passe sur le but de Rocheteau – c'est un critère moqué par les néophytes, mais les autres savent que c'est la passe des cerveaux et des meneurs, l'essence du jeu. Et tous ces gens qui voulaient savoir ce que cela faisait de prendre la place d'un autre. Personne n'écrivait qu'il l'avait mérité et que son équipe n'en serait pas affaiblie, il faudrait qu'il s'excuse, peut-être, de jouer à la place du Ch'ti.

Il n'était pas facile à aimer, comme s'il cachait son humour pour n'être considéré que pour son art, incommensurable orgueil. Alors Glasgow n'était pas seulement un rendez-vous avec lui-même, de ces face-à-face il avait l'habitude, mais avec tous les autres, tous ceux qui jugeaient Larqué supérieur et qui s'attacheraient ensuite à le maintenir dans l'ombre de Platini, quand celui-ci débarquerait dans la Loire, en 1979. Une blessure l'avait privé d'autres sommets.

Celui qui va profiter du genou plâtré de Gérard Farison s'appelle Pierre Repellini. Un gars du Sud, de Hyères, capable de jouer à tous les postes mais qui n'est le meilleur à aucun, un gars joyeux et bavard, une manière de clé anglaise qui dépanne avec classe, et si le vestiaire n'aime pas les fils de l'entraîneur, s'il s'en méfie, Pierre Repellini peut débarquer le matin en racontant sa partie de tennis avec Robby, la veille, personne n'imagine un instant l'armure de l'entraîneur fendillée par cette proximité, puisque dans un monde parfait et sans blessures Pierrot est sur le banc.

Est-ce qu'ils s'aiment ? Est-ce qu'il faut s'aimer pour être une équipe ? Est-ce que le don de soi pendant le combat implique d'oublier que son partenaire de tranchée est un imbécile ?

Même au plus fort de la mythologie, la narration d'un groupe vu comme un monde idéal n'a d'intérêt que pour l'adversaire.

Le lundi 10 mai, ils s'entraînent dans la matinée au stade Geoffroy-Guichard et c'est une séance à étincelles. Larqué lance à Lopez : « Tais-toi, Christian, on n'entend que toi ! » Lopez lui répond : « Et toi, tu te gênes ? » Herbin n'intervient pas, une équipe si près de l'échéance est un organisme vivant qui a besoin d'expulser ses humeurs pour mieux retrouver son apparence naturelle au seuil de la compétition.

Après l'entraînement, ils regardent le film du match de Coupe d'Europe Bayern Munich-Real Madrid qu'un supporter alsacien a filmé et envoyé au club. En début de soirée, ils embarquent à l'aéroport de Bouthéon dans la Caravelle Air France qui les emmène à Glasgow.

Le mardi 11, le Rouquin leur dit quelques mots en fin de matinée. Ils déjeunent à midi, puis la sieste, puis à 16 h 15 le départ au stade, à Hampden Park, pour l'entraînement de veille de match, puis le dîner à 19 heures, puis la nuit et le sommeil pour ceux qui y arrivent.

Curko ne dort pas. Il prend des calmants pour trouver le repos. À Eindhoven, le 14 avril, il a été le héros des 57,3 pour cent de Français qui ont regardé le match, selon l'enquête publiée par *France-Soir*. Mais 28 pour cent ont préféré *Ma nuit chez Maud* sur l'autre chaîne. Pendant que le Yougoslave bondissait, Jean-Louis Trintignant tentait de séduire Françoise Fabian, on le comprend, on aurait abandonné un soir de foot pour une nuit avec elle, et ils évoquaient le pari pascalien, l'intérêt de parier sur l'existence de Dieu, selon l'idée que même si la probabilité est faible le bénéfice serait considérable. Bien que, en pariant, nous confondions l'illusion et l'espoir, parions, parions – d'ailleurs, en 1976, la France lançait le Loto, c'était un pari de milieu de semaine moins asservissant qu'une vie de paroisse, et cela laissait le dimanche matin pour le PMU, où l'on pouvait boire un coup dans quelque chose d'un peu plus grand que les burettes.

Les footballeurs qui remerciaient le ciel pour leurs victoires n'avaient pas assez confiance en eux, le ciel n'y était pour rien et partageait ses bienveillances avec leurs adversaires, mais c'était une manière de mettre un nom sur ce qui échappait à leur contrôle, le hasard, le rebond, l'irrationnel. Le ballon.

Could this be magic, at last ?
Donna Summer, *Could it be magic*

Au faîte de l'attente, il a fallu s'infuser quatre minutes de publicités, sans bouger, on ne bouge pas quand le temps est suspendu. À la fin du journal de 20 heures, Roger Gicquel, un ballon dans les mains, venait de devenir une ombre sur un générique comme un Vasarely. Quatorze millions de Français ont la télé en noir et blanc. Un million ont la télé en couleurs mais la province a TF1 en noir et blanc. Huit cent mille téléspectateurs n'ont que la première chaîne.

Les négociations entre les deux chaînes ont fait l'objet d'innombrables retournements dans un temps relativement ramassé ; c'est-à-dire que cela s'est joué à la pièce dans le bureau du président d'Antenne 2, et quand elle a eu fini de tourner sur elle-même elle est tombée du côté qui accordait le direct à TF1, le différé sur Antenne 2, soit une diffusion en noir et blanc pour la province. Les Verts porteraient un short sombre pour que l'on puisse les reconnaître.

Quatre minutes.

« Si vous aussi vous souffrez de la transpiration, choisissez les chaussettes Thermo-ambiant chez Phildar. » Puis Gaz de France : « Nous prévoyons grand, ce n'est pas une raison pour consommer trop. »

On imagine les Verts sortant du vestiaire, dans le couloir où résonne le bruit mat de leurs crampons avant le combat, mais on regarde autre chose : « Pour que l'épilation ne soit plus un problème, Philips a conçu le Ladyshave. En un rien de temps, vous voilà belle, douce et nette. C'est bien, non ? » Si, si. « Il a la même douceur que l'orange, voici Finley Orange Tonic ! »

Autour de *L'Équipe*, le 12 mai au soir, l'air sent la pluie et le couscous mouton. La pluie, ce n'est pas tout le temps. Les grands boulevards sont plus larges qu'un soir de générale, les théâtres plus vides, la rue du Faubourg-Montmartre, celle-là même où Marcel Cerdan apparaissait aux fenêtres et où Pelé de passage à Paris apportait du café du Brésil à la rubrique football, suggère un temps ralenti. À quelques pas mouillés le Théâtre des Nouveautés est presque vide pour *L'Autre Valse*, avec Paul Meurisse, et *La Cage aux folles* au Palais-Royal s'accroche, des générations de joueurs efféminés seront appelés Renato dans les vestiaires, en ces temps-là on avait des références culturelles et délicates.

La pub star du moment arrive. « C'est le meilleur moment de la journée. Vite, au lit ! » Une femme s'élance, elle est en l'air, l'image s'arrête : « Attention, madame, êtes-vous sûre d'avoir une literie en bon état ? » Visiblement, elle n'était pas sûre, mais puisqu'elle était en l'air et qu'elle n'a pas tenté de faire demi-tour comme le coyote au-dessus du ravin, elle s'est écrasée sur un lit aux ressorts défoncés. « Pour changer votre vie, pour changer votre nuit, changez de literie ! »

Quand on leur demande ce qu'ils feraient avec l'argent de la gloire, c'est un défilé d'ambitions modestes, Janvion veut changer de voiture, Farison envisage une croisière, Santini souhaite faire construire une maison, Patrick Revelli aussi, Hervé Revelli investirait dans la parfumerie que tient son épouse dans le centre-ville, Sarramagna a des rêves de villa basque, et Rocheteau imagine qu'il pourrait partir seul en croisière, au début, au moins.

Il y a les superstitions. Lopez enfile d'abord sa chaussure gauche. Roger Rocher a son costume spécial Coupe d'Europe et deux pipes dans les poches, celle de tous les jours et celle des grandes occasions. Dans la poche intérieure de son costume, il a glissé une enveloppe avec onze trèfles à quatre feuilles. Pierre Garonnaire ne se sépare pas, et ce n'est pas toujours facile, d'une queue d'éléphant offerte par un supporter. Il l'a emportée à Simferopol et à Eindhoven. Curkovic porte un maillot, un short et des chaussettes qui ont été repassés par son épouse. Janvion a attaché à l'élastique de son short une médaille de la Vierge. Rocheteau mange vingt morceaux de sucre. Patrick Revelli embrasse la tête de Christ de son médaillon juste avant de l'enlever.

Viennent les pneus Goodyear, « le choix des champions ». À propos de champions, on pourrait sûrement abréger, faire un tour en Écosse, non ? Mais d'abord Allurelle, d'Elnett : « Je suis restée bien coiffée, vous ne trouvez pas ? » On ne sait plus, oui, peut-être, sûrement. Il ne reste plus que le Crédit immobilier de France.

Enfin le grand frisson, le *Te Deum* de Marc-Antoine Charpentier, le sigle de TF1 au milieu de la mire d'Eurovision, puis celui d'ITV, et cette voix lointaine, pendant que des types en kilt et au bonnet empanaché s'installent avec leur barnum dans le rond central, cornemuses, triangles et autre tintouin. Le commentateur parle en forçant légèrement la voix à cause du bruit, il parle mais il a tout écrit, Pierre Cangioni. Il déclame dans la lumière avec quelques ampoules, évoque « ces rencontres que nous regardions avec l'intérêt exacerbé du déshérité », stigmatise « quelques antisportifs notoires peints en vert », lâche enfin : « Que des mécréants veuillent assister à l'office dans l'anonymat c'est normal, mais qu'ils veuillent participer à la célébration publique, ça l'est beaucoup moins. » Il ne manquait que « à bon entendeur, cela va mieux en le disant, comprenne qui pourra », mais il faut se mettre à sa place, la vague verte est une dépossession, il lui préférerait la confiscation.

Je n'ai jamais revu le match, jamais en entier. Libre à moi de prétendre que ce n'est pas à cause de la défaite, seulement parce que le moment était passé, qu'il fallait le vivre entre 20 h 30 et 22 h 20 le 12 mai 1976. Plus tard les fragments suffiront à ranimer la mémoire, elle n'a pas besoin de s'encombrer de chaque minute. Les faits gagnent à être brefs. À dix minutes de la fin du match, Saint-Étienne est mené 1-0 par le Bayern Munich, un but de l'Allemand Roth sur coup franc. Les Verts ont tiré deux fois sur les montants, une frappe sur le poteau signée Bathenay, une tête de Santini sur la barre, et ces poteaux étaient carrés, s'ils avaient été ronds comme presque partout ailleurs, Saint-Étienne mènerait au score, sûrement, n'en serait pas à attendre un miracle et l'entrée en jeu de Dominique Rocheteau.

À la mi-temps le gardien allemand Sepp Maier a demandé que l'on regonfle le ballon, et je ne sais pas pourquoi, ni pourquoi je m'en souviens, mais je me dis que mon inconscient baigné de germanophobie a soupçonné une entourloupe. Avec ce ballon mieux gonflé, le Bayern a marqué le but de sa victoire.

Je ne l'ai pas vu et ne suis pas le seul. Dans ma rue, dans ma ville ou dans ma région, j'ignore les frontières exactes du silence et de l'écran neigeux, la retransmission s'est interrompue pendant une à deux minutes. J'étais seul devant la finale avec mon plus jeune frère, il me semble. La télé était encore en noir et blanc, une Pathé-Marconi sur laquelle figurait, à côté des boutons des chaînes qu'il fallait enfoncer, le symbole du chien devant un gramophone avec le slogan subliminal « La voix de son maître ». C'était étrange, mais peut-être annonciateur des chaînes haute-fidélité.

Je n'ai pas vu le but de Roth. Nous sommes des dizaines de milliers, dans la région, à n'avoir pas ressenti le coup de poignard en temps réel. L'image a sauté juste avant. Le gris et le silence. On se dit : t'imagines, si on a manqué un but ? On se le dit parce que ce serait horrible. On se le dit pour que ça n'arrive pas. Mais quand l'image est revenue, le ton solennel des commentaires, cette voix des jours de deuil, nous a fait comprendre instantanément qu'il s'était passé quelque chose de grave. Ç'avait été peut-être une panne d'émetteur, trente secondes, pas plus, peut-être celui fiché au sommet du col de France, sur les premières pentes du Revermont, ces montagnes douces qui protègent la ville du vent mais maintiennent son brouillard.

Je l'ai vu après, le coup-franc accordé au Bayern par l'arbitre hongrois M. Palotai, l'ancien champion olympique. Il n'y avait pas faute de Piazza, mais tout pour entretenir, vu d'une province reculée et paranoïaque, le soupçon des relations secrètes et coupables entre les clubs et les arbitres, les filles, les fourrures, les montres, les grands exploits. Les arbitres ne faisaient pas souvent les grands titres des journaux, longtemps leur gloire s'est mesurée en petites coupures.

Au début de la seconde période, Dominique Rocheteau part doucement s'échauffer avec son survêtement sombre le long de la ligne de touche, et les vingt-cinq mille Verts d'Hampden Park voient sa crinière se secouer en signe d'espoir, cette foulée reconnaissable, cette manière de taper le sol de la pointe des chaussures en fin de course, les chaussettes remontées très haut à la lisière des genoux, comme s'il avait voulu englober sa cuisse blessée, la protéger de ce tissu familier. Le Rouquin, qui lui a promis quelques minutes, aurait besoin de plus, parce que le Bayern mène 1-0 depuis le but de Roth que je n'ai pas vu, mais le Rouquin ne bouge pas, ce n'est pourtant pas le moment d'être le Sphinx, pour que la légende soit en marche il faut s'arracher à l'immobilité. Mais les minutes passent et l'Ange vert n'en peut plus, la piqûre qui a anesthésié sa douleur est une cruauté parce que désormais il déploie ses ailes sans résistance, il a envie de courir pendant que la blessure est endormie.

Le Rouquin lui laisse sept minutes, c'est ce qu'affirment la légende et les archives. L'examen du film de la finale étire quelque peu ces minutes mythiques : la fin du match interviendra seulement huit minutes et trente-deux secondes après l'entrée de l'Ange vert qui porte le numéro 13 et un bandage pour tenir le bas de sa cuisse, juste au-dessus du genou droit.

En huit minutes et trente-deux secondes, Dominique Rocheteau touche neuf fois le ballon, réalise quatre actions décisives, ranime l'espoir d'un miracle en même temps que le regret déchirant de le voir apparaître quand il est déjà trop tard. Évidemment, il prend des risques avec sa santé, évidemment, il va être blessé pour longtemps quand la lésion ainsi étendue devra être opérée. Mais la piqûre l'a soustrait à la douleur et il aurait dû entrer en jeu bien plus tôt, parce que ses dribbles rallument la lumière, avec sa manière d'aller vite sans que le ballon ne s'éloigne jamais de ses pieds. Et même quand tout semble fini, il évite quatre joueurs dans un slalom génial avant d'offrir un ballon de but au numéro 7 de l'AS Saint-Étienne qui manque l'occasion, énorme, parce que le numéro 7, ce n'est justement pas lui. C'est Patrick Revelli, personne ne lui en veut parce qu'il a fait son match, et parce qu'il avait offert à Rocheteau le but de la qualification contre Kiev, mais c'est ainsi que se nouent les destins et les défaites.

Rocheteau deviendra plus romantique encore de n'avoir rien changé, d'avoir combattu en vain l'inéluctable, d'être apparu trop tardivement pour arracher ses coéquipiers à leur destin commun. Instantanément ils deviennent des vainqueurs moraux dans un pays qui a peu de considération pour la victoire, et au cœur même de la défaite ils renaissent en héros à jamais. Étrangement, ils seront célèbres pour cette finale perdue mais cette finale même sera rayée des souvenirs, on n'en extraira que deux frappes sur des poteaux carrés, un coup franc allemand, l'électricité passée dans Hampden Park face aux chevauchées crépusculaires d'un Rocheteau à crinière, mais rien sur le rapport de force, plus jamais rien sur les nombreuses occasions du Bayern Munich, on ne bâtit pas un mythe sur l'examen scrupuleux de la réalité.

Le sport a d'abord été raconté par les vainqueurs puis par la télé, et c'est peut-être la télé qui sauve tous les perdants.

Saint-Étienne a perdu 1-0 et regarde Franz Beckenbauer, surnommé le Kaiser par admiration, monter à la tribune recevoir la coupe d'Europe. Il n'y a pas de cérémonie, aucune musique, nul confetti, il brandit la coupe puis redescend sur la pelouse. En ces temps de maillots vierges de publicité ils n'ont pas de marque à associer à leur triomphe, alors les joueurs les échangent dans l'instant, alors Beckenbauer et quelques autres posent avec la coupe cependant qu'ils portent le maillot vert de leurs adversaires, rappelant qu'ils ont eu leur peau.

Dominique Rocheteau a vingt ans. Dans le vestiaire dévasté la douleur est revenue, il faudrait l'anesthésier, mais il a atteint la dose maximale de Novocaïne, alors, après le dîner officiel, il s'enfonce dans la nuit écossaise avec Gérard Forissier, son soigneur de tous les maux, les pubs ont obtenu de fermer à 3 heures, ils font la tournée des bars de la ville, il y a du vert partout, des Écossais trop heureux de boire après 23 heures en semaine. Il rentre juste avant l'aube, ou peut-être en même temps, il ne se souvient plus de l'heure ni de la météo, peut-être un léger brouillard matinal.

Dominique Rocheteau a vingt ans. Il n'a pas sommeil. Cela tombe bien, les Verts s'envolent vers Paris dès l'aube, les journalistes ont tout organisé, enfin les journalistes, c'est surtout Jacques Vendroux, le neveu du Général, qui a mis France Inter dans le coup et décidé que les Verts allaient descendre les Champs-Élysées. Il s'est fait prêter des R5 vertes et décapotables, ou alors à toit ouvrant. Sur la poitrine des héros qui reviennent de la bataille, il a accroché un macaron de France Inter. Il s'est occupé du plan de bataille, deux joueurs et un journaliste par voiture.

Ils sont passés au buffet organisé au studio 104 de la Maison de la radio, où des grévistes ont fait irruption, crié « Allez les rouges ! », allusion au parti pris, puis « Notre argent est sur la table », allusion au buffet offert.

Dominique Rocheteau a vingt ans, partage sa voiture avec Dominique Bathenay. Ils n'imaginaient rien, il n'y avait jamais eu de célébration pour les vaincus, ils se voyaient descendre la plus belle avenue du monde en cinq minutes et trois coups de klaxon, mais ils sont des milliers, ils vont faire attendre Giscard en bas de l'avenue à gauche. La R5 verte de l'Ange est défoncée, tout le monde a voulu l'approcher, la carrosserie n'a pas résisté ; les voitures officielles ont meilleur genre, en général, quand elles font crisser les cailloux de la cour de l'Élysée.

Sur le perron, ils croisent le Premier ministre Jacques Chirac, cartable sous le bras, et l'entendent pétarader à haute voix : « Ah, je ne sais pas ce qui s'est passé sur les Champs-Élysées, mais la circulation était infernale. »

Après les honneurs de la République qui n'en a pas grand-chose à fiche, au fond, ils filent reprendre l'avion, d'Orly à Andrézieux-Bouthéon, parce qu'il faut rejoindre le stade Geoffroy-Guichard où vingt-cinq mille supporters attendent sous le soleil de mai. Cette défaite n'en finit pas d'être célébrée, mais le moment est touchant encore, cette foule patientait depuis des heures, elle avait envie de consoler et d'être consolée, ne voulait pas rejoindre sa vie sans cette ultime cérémonie du passage. La transition entre l'espoir déçu et l'illusion d'un avenir est douce, on dirait un camp de base à d'autres rêves, pas un sommet, comment savoir, alors ?

Elle a passé ces heures à attendre avec Eddy Mitchell et Aimable, un crooner et un piano à bretelles, Monsieur Eddy en costume blanc et chemise noire. Danièle Gilbert présente aussi l'harmonie municipale et les majorettes. Elle est toujours coiffée à la Stone, mais comme Annie Gautrat, la Stone qui est Madame Charden, pas comme Mick Jagger, c'est une certaine image de la frange.

Elle essaie de sourire et de parler en même temps quand les chants dévient, « Bayern, salaud, le peuple aura ta peau », ou alors « Ils sont cocus ». Le concept de la victoire morale a envahi le pays. Ce n'est pas la meilleure manière de se préparer à gagner vraiment, mais c'est un baume pour la douleur de la défaite, et c'est le problème, à l'apprivoiser on ne la quittera plus, on ne s'en sort jamais, de ces défaites glorieuses, sans compter que le plus beau jour d'une vie devient la nuit où l'on a baissé la tête pour cacher ses larmes.

Quand le président se hisse sur le podium pour prendre le micro, sa voix chevrote, le vibrato remonte de sa terre de toujours, le mouille au coin des yeux. Il dit que tout le monde est formidable, qu'ils se sont bien battus, qu'il aime sa ville qui n'est pas faite comme les autres.

Mais il allait falloir rentrer, il était l'heure que cela finisse, cette nuit et ce jour d'après liés par l'absence de sommeil ne se termineraient jamais, il fallait retourner à la vie.

Les filles criaient encore quand l'Ange vert avait cherché à sortir du stade, à rentrer chez lui, sur ses hauteurs de Saint-Héand, mettre un disque, s'allonger, dormir enfin. Les joueurs avaient laissé leur voiture à l'intérieur, ce qui signifiait qu'ils devaient fendre les cœurs qui les attendaient à la porte, et elles avaient tout de suite reconnu la Coccinelle noire à toit blanc. Soudain une jeune fille s'était enhardie à ouvrir la porte du passager, ce serait la passagère, elle s'était assise et avait crié : « Dominique, emmène-moi ! » Il était stupéfait, mais pas tant que cela non plus, on s'habituait vite à cette hystérie, et puis elle était jolie, et en ces jours fous autant que les nuits soient douces, la jeune fille l'était aussi. Il ne s'est pas souvenu de son nom quand il a songé à la scène, longtemps après, mais, s'il ne l'a pas revue, il ne l'a pas oubliée. C'est avec elle qu'il a passé le crépuscule de Glasgow 1976, cette belle femme de près de soixante ans aujourd'hui, qui doit porter le souvenir d'une nuit à Saint-Héand, dans la maison du jeune homme qu'elles voulaient toutes embrasser, sur un fond de musique californienne, peut-être Jackson Browne, peut-être America, en toutes choses il savait choisir.

Le vendredi 14 mai, les Verts participent encore à *Midi Première*. Roger Rocher avait tout annulé, mais Danièle Gilbert l'a supplié, en larmes, lui expliquant que le matériel avait déjà été acheminé de Cannes. Cela a fini par agacer le Rouquin : « On a autre chose à faire que de parader. » Mais ils l'ont fait, une dernière fois avant toutes les autres fois.

Puis les manèges ont fermé, les forains ont démonté la grande roue, le surlendemain de Glasgow ressemblait à la scène finale des *Demoiselles de Rochefort*, moins les couleurs pastel, moins les danses, moins le jeune marin et son idéal féminin, moins les airs de nostalgie et de gaieté mêlées, mais sœurs jumelles nées sous le signe du départ et frères Revelli portaient un cousinage pas si éloigné. La caravane qui s'ébroue emporte ceux qui vont de fête en fête et ceux que la fête a changés, ceux qui auraient fui dans tous les cas et trouvé un autre prétexte.

Les plus touchants sont ceux qui restent et s'en raconteront l'histoire, les veilleurs de phare. Personne n'a raconté leur vie, ils sont le décor. J'ai cherché et n'ai pas trouvé. Les journaux ne racontent pas la vie des gens. On ne sait rien d'eux, ils ont gagné un concours Client Roi, leur nom figure dans les résultats d'une course pédestre, leur visage apparaît sur la photo légendée d'une assemblée générale du Crédit agricole, leur jeunesse bientôt fanée est fêtée avec les catherinettes du boulot, c'est comme cela que leurs voisins apprennent qu'elles ont déjà vingt-cinq ans et nulle bague au doigt, mais la vie, la vraie vie, est absente des colonnes. On ignore comment ils paient leur loyer, comment ils élèvent leurs enfants, où ils sortent le soir, la chronique de la vie locale est un chapelet de perles de notables et nobiliaires ; au moins décrit-elle un monde binaire, ceux qui le dirigent et ceux qui leur en contestent le droit. Une photo d'un président, un communiqué de l'intersyndicale des travailleurs du cuir, la presse subit l'agenda de ceux qui communiquent. Et pendant ce temps-là, pendant que Saint-Étienne est devenu le centre du monde tel que j'en ai imaginé les nouvelles frontières, l'encre à peine séchée issue des rotatives tait la fièvre, étouffe le sentiment traversant ces jours dont la ville chérira le souvenir longtemps après que les « Allez les Verts » auront disparu.

Et, crois-moi, si le temps passe,
Laisse-le partir où il veut

Julien Clerc, *Les jours de joie*

Juste avant la Coupe du monde 1998 en France, *L'Équipe magazine* m'a demandé de commenter des photos artistiques noir et blanc des stades du pays, d'en écrire la légende. J'ai tenté d'en raconter les décors, de faire passer l'atmosphère de ces lieux régulièrement arpentés les soirs de spectacle vivant, sans les soustraire à l'énergie ou à la culture de la cité qui les irrigue. Je n'ai pas eu à forcer le trait, le meilleur moment est toujours dans l'escalier, en montant au faîte de la tribune dans l'espoir d'un match dont on reparlerait dans vingt ans, et décrire un stade et ce qui l'entoure est une manière de gravir les marches, de fouiller cette attente renouvelée. Lorsque est venu le tour de la photo du stade Geoffroy-Guichard de Saint-Étienne, j'ai lié la construction au décor, la pierre à la terre, le bouillonnement du chaudron aux hautes cheminées encore visibles, par-dessus les toits. J'avais conçu cette description comme une fidélité. Moins d'une semaine plus tard, j'ai reçu une lettre du maire de Saint-Étienne qui s'indignait du misérabilisme, me reprochait une dialectique de carte postale, moquait ma vision parisienne d'une ville en pleine mutation, d'une ville moderne. J'ai répondu au soupçon en montrant mes papiers, les autres, ceux qui établissent mes racines. J'avais décrit ce que je voyais, il aurait aimé que je raconte ce qu'il voulait montrer. La photo vue de haut dessinait un stade dans son écrin ouvrier, mais cela ne l'arrangeait pas, Monsieur le maire, il avait décidé que Saint-Étienne serait la ville du design. Saint-Étienne a été la ville de beaucoup de choses, elle peut l'être de bien d'autres choses encore, mais ce n'est pas de chance, c'est tombé sur le design.

*

J'ai toujours voulu partir mais ma province est devenue ma mesure du temps, je le sens filer en voyant grandir les enfants des autres lorsque mes retours s'espacent. Je ne nous aurais pas vus changer, sinon. Je ne sais pas si le procès intenté à ma ville de préfecture est celui de la province, de l'époque ou d'une adolescence. J'en ai voulu à ceux et celles qui avaient promis de partir et qui sont restés, et puis voilà, je suis sans cesse revenu. Plus je me suis éloigné et plus je me suis rapproché. Je suis parti pour être toujours là où il se passait quelque chose et je suis revenu pour constater tout ce que j'avais manqué.

Mais j'ai triché, moi aussi, je ne suis pas parti tout de suite. J'ai arraché le bac sur le fil qui m'avait vu traverser la scolarité avec la seule volonté d'arriver de l'autre côté, je connaissais tous les profs qui m'avaient fait passer l'oral de rattrapage, ils avaient été les miens, ou des amis de mes parents, ou les deux, et après avoir constaté que des points me manquaient encore, ils avaient conclu qu'ils n'avaient plus envie de me voir, ou qu'il était inutile de fâcher des collègues. Mon diplôme est celui d'un milieu lettré qui s'arrangeait avec les chiffres, sur mon certificat il est spécifié que j'ai eu mon bac avec cent quatre-vingt-douze points sur les deux cents nécessaires. L'ironie et la dérision me sont venues plus tard, sur le coup je ne me souviens que du soulagement, de l'idée d'en avoir fini avec l'assignation à résidence, de la vie qui commençait. J'avais seize ans et allais partir trois semaines en stop en Écosse avec Serge, un copain du foot et du lycée. À raison d'un coup de fil par semaine pour donner des nouvelles depuis une cabine et demander les résultats du championnat de France, tout participait à construire la nouvelle distance.

Je me souviens du bacon volé au supermarché, du camping d'Édimbourg squatté pendant deux semaines, et de la beauté de Chrissie Hynde en concert avec les Pretenders dans une boîte. Il avait fallu rentrer en stop, encore, avec un pervers qui voulait savoir si ma copine avait de gros seins, j'avais tout inventé, il avait l'air aussi content qu'essoufflé, j'aurais dû comprendre qu'aucun type normal ne m'aurait ramené à 3 heures du matin dans un camping en dehors de la ville.

Des années d'effort à attendre que la vie commence, à préparer le voyage, pour ne pas partir, justement parce que la vie avait commencé. Je m'étais inscrit à Sciences Po Lyon, et puis un jour j'avais appelé pour connaître le jour de la rentrée universitaire, on m'avait gentiment répondu que c'était il y a deux semaines. Même moi à dix-sept ans je savais que c'était un acte manqué : je devais intégrer un foyer avec couvre-feu parce que je n'étais pas majeur, et j'en avais déduit que partir sans liberté présentait tous les inconvénients de l'exil sans un seul avantage. Je suis devenu pigiste au *Progrès* de Bourg, je passerais mes week-ends à écrire sur mes copains de lycée et sur les sportives de la ville qui avaient fréquenté d'autres établissements et gagnaient à être connues, voire découvertes. Plutôt que fuir, je m'enracinerais, mais puisqu'il était établi que j'avais atteint mon maximum avec mon bac, j'avais gagné ma liberté scolaire et universitaire, je pouvais basculer vers la vraie vie et envisager mes futurs départs.

Partir, revenir, j'ai toujours aimé voyager dans les deux sens, l'essentiel est de s'arracher à l'immobilité et à l'ennui. Je n'ai jamais cessé de courir mais je vais un peu moins vite, j'ai essayé de ne pas passer d'un rêve à un objectif, d'un idéal à une perspective réaliste ; le rêve est nimbé de modestie et mieux considéré, l'objectif a un goût de plan quinquennal accouché par l'administration, et si le point d'arrivée est le même, le chemin a tout changé, il dit ce que nous sommes et ce que nous avons vécu.

*

En 1998, le club de ma ville, le FC Bourg-Péronnas, a disputé les quarts de finale de la Coupe de France. Pierrot et Denis, mes amis d'enfance devenus entraîneurs ont fait la une de *L'Équipe* et, contrepoint de mon ennui adolescent, je me suis immergé pour le travail dans la ville où j'avais vécu vingt-sept ans, et dans ces jours de fièvre tout m'est revenu en tête, parfois en pleine tête. Puisque c'était pour le travail et qu'il ne faut pas faire les choses à moitié, je suis sorti tous les soirs, toutes les nuits, pour ressentir l'atmosphère, mettre à jour ce que je savais des histoires de la ville et de toutes ces vies que j'avais croisées, et parfois, à 3 heures du matin, dans un bar de nuit où je ne m'étais pas encore lassé de l'amertume des gin-to, une femme qui avait demandé à son mari de garder les enfants s'approchait : « Tu te souviens ? On était ensemble en troisième... » J'étais plutôt bien placé pour savoir qu'*ensemble* ne voulait pas dire « ensemble », c'était tous les deux dans un grand ensemble, et c'était peut-être pour deux ou trois heures de cours par semaine. À cet âge-là, elles avaient changé de nom, sûrement de couleur de cheveux, et pour faciliter les présentations, elles auraient dû commencer par les noms des garçons du lycée qu'elles avaient embrassés et dont j'étais jaloux, cela aurait sûrement réveillé des souvenirs d'intercours sous les platanes au pied desquels on posait nos cartables.

J'ai rencontré un entraîneur, un séducteur – c'est un pléonasme et leur fonds de commerce, séduire les joueurs, les journalistes, les présidents, le public, tricoter une armure pour résister aux vents de face et aux défaites qui viendront, inéluctablement –, qui avait acquis un pouvoir de notable dans sa ville de toujours et avait décidé de prendre ses revanches, mais pas toutes à la fois. Au fil des années, il avait entrepris de séduire toutes les femmes qui lui avaient dit non depuis l'adolescence, les plus belles qui ne lui avaient pas accordé un regard pendant longtemps avaient cédé en dernier, après la quarantaine, et il avait décidé qu'elles valaient toutes la peine d'attendre. Mais j'en avais éprouvé une manière de malaise, c'était moins un hommage crépusculaire à leur beauté et à ses fantasmes qu'un tableau de chasse de VRP en demi-pension à l'hôtel Terminus qui sort au Macumba un soir de semaine.

Pour qu'une fille reste la plus belle du lycée il ne faut pas la revoir, mais moi je les ai revues, souvent, et ce que le temps a fait sur leur visage m'a ému, souvent, et elles m'ont regardé comme si j'étais mince, après une adolescence à m'écouter comme si je ne bégayais pas. Si les admirations du foot sont fixées par les albums Panini – ces chapelets de photos d'identité qui rappelaient la mode des moustaches, des cheveux longs, ces vignettes que l'on échangeait à la récré –, les fantasmes du lycée sont dispersés sur quatre rangs d'une photo de classe, j'ai l'impression d'y être un enfant au milieu de jeunes filles, j'attendais de grandir et je les implorais de ne pas s'impatienter, de ne pas envisager tous les autres avant moi.

*

Dans les rues de Saint-Étienne, j'ai régulièrement quêté les ombres d'une histoire familiale qui n'est pas vraiment la mienne, le souvenir de mon regard adolescent sur une ville et ses héros, mais tenté, aussi, de remonter la trace d'une rumeur qui aurait concentré les admirations de mes treize ans, un ange vert et des flamants roses.

Car avant Dominique Rocheteau, Saint-Étienne avait vu passer David Gilmour, et tandis que les Pink Floyd répandaient sur le monde leur musique psychédélique, la ville noire assurait qu'elle avait vu grandir le beau Gilmour, qu'elle avait nourri son art et son corps d'ancien mannequin aux yeux clairs pendant trois mois à la fin de l'année 1966. Quelques-uns criaient au mythe urbain, mais les autres l'avaient vu ou avaient vu quelqu'un qui l'avait vu.

Le matin, ou alors juste avant midi, en se levant, il prenait son café au bar de Lyon, chez Yvette. Chaque soir, il se posait chez Jean-Jacques à La Plage, au-dessus du cours Fauriel, un bar de nuit où David Gilmour jouait avec les Roadies, son groupe du moment. Le beau gosse tout doux sortait de quelques journées anglaises de mannequinat à cinquante livres par jour, une fortune. Il venait de passer trois mois à Marbella, il allait partir en résidence au Bilboquet, à Paris, et dans sa musique passait encore plus de rock que de la future évanescence des Pink, mais pendant les envolées on voyait les jeunes femmes danser lentement, avec des ceintures à larges boucles autour de la taille, par-dessus un pull en acrylique à col roulé ou alors une chemise, un pantalon serré. Elles se bloquaient net à chaque coup de cymbale, elles scandaient la musique avec fièvre, portaient des bottes de cuir et des chemisiers dont les manches s'évasaient aux poignets, et s'il donnait l'impression de ne regarder personne, peut-être David voyait-il tout, peut-être était-il capable de classer mentalement les danseuses et d'anticiper la fin de sa nuit, jusqu'à l'aube où ils s'endormiraient.

À La Plage, Jean-Jacques invitait les Rapaces, les Typhons et David Gilmour. Après Saint-Étienne, il serait parti à Saint-Tropez, les Anglais pâlots sont prévisibles, mais David Gilmour aura connu Sainté avant les Pink Floyd, et cette vie provinciale aura peut-être été son premier exotisme, ce peuple qui ouvre les bars après 22 heures et boit la nuit, quand ses mineurs à lui rentraient à la maison après une cervoise tiède à la maison communale. Une ville de football aux murs noirs habitée par la classe ouvrière, David Gilmour a dû se sentir chez lui.

*

En grandissant j'ai pu comparer la place du poster dans une chambre de garçon et dans celle du premier couple. Au lieu de Dominique Bathenay, joueur de l'AS Saint-Étienne, et de Kevin Keegan, icône de Liverpool, j'ai étendu l'affiche de *Manhattan*, de Woody Allen, c'était pour Woody Allen mais surtout pour *Manhattan*, l'idée d'un ailleurs américain, un but de voyage ou de fuite, encore, on ne se refait jamais complètement, si Woody Allen avait réalisé un film intitulé *Bar-le-Duc* on n'aurait sans doute pas affiché le poster.

En quittant la maison pour le premier appartement, on les plie et on les emporte avec soi, c'est un patrimoine personnel, on ne peut pas abandonner ce décor, mais on se résout à se séparer de la représentation des footballeurs sous le prétexte qu'il faut grandir. Ils sont rangés quelque part, on les réserve soigneusement et puis un jour voilà, on ne sait plus où ils sont. Ils se sont perdus dans un déménagement, c'est l'expression, comme s'ils étaient tombés de la camionnette d'un domicile à l'autre, alors que cela signifie souvent qu'ils se sont inclinés face à un arbitrage extérieur entre ce que l'on garde et ce à quoi on renonce. Les footballeurs et ceux qui les admirent devraient toujours se méfier de l'arbitrage. J'ai perdu mon poster de Dominique Bathenay avec le maillot de l'équipe de France, c'était une photo prise à Leipzig, contre la RDA, la date du match et le nom de l'adversaire étaient visibles, brodés en lettres dorées sur sa poitrine, juste en dessous du coq.

*

Cette génération qui a eu du mal à vieillir ensemble n'est jamais parvenue à se séparer. Ils croyaient avoir destins liés pour un match, peut-être une saison, mais ils se trompaient, ils seraient les Verts, ramenés à cette gloire et à cette limite, et il y aurait pire que cela, ils seraient les anciens Verts dès la trentaine, sans possibilité de faire quelque chose de mieux de leurs vies que ces moments où les foules s'approchaient pour les toucher. Il y aurait ceux qui rechercheraient éternellement à revivre ce moment dans le désenchantement de tout ce qui a suivi, et ceux qui s'en détacheraient pour avoir une chance de vivre pleinement tous les autres jours. La lucidité passe pour de la pudeur, c'est d'abord une trouille immense : séparons les mondes pour n'avoir jamais à les comparer.

Cette génération de footballeurs est un peu mieux restée mariée que la suivante, peut-être parce que la vie d'après n'était pas si différente, la gloire éphémère, la fortune relative, toute une vie à travailler devant soi. Pour les autres, il n'y a aucune raison de leur révéler que leur femme va les quitter à la perte du statut social vu comme un privilège et de l'absence vue comme une liberté. Il y a celles qui les portent et celles qui les quittent, celles qui s'incrustent dans la conversation ; souvent les femmes qui se détachent au milieu d'une phrase laissent un mot en partant.

Elles renoncent à s'enfoncer avec l'ancien joueur dans les ténèbres d'un deuil impossible alors que la vie attend, au-dehors. Elles ont construit quelque chose et c'était sans eux. Parfois l'équilibre vacille quand on ne voit plus que lui alors qu'on ne le voyait jamais.

Les joueurs, eux, ont passé quinze ans à se voir, et après presque plus. Chaque fois qu'ils ont tenté de s'éloigner du souvenir qui les définissait, ils ont été ramenés dans le sillon commun, la mémoire collective est celle qu'ils sont contraints de partager, il ne leur est concédé aucun souvenir individuel, ou à peine. Cela n'intéresse pas les gardiens de phare qui les ramènent sans cesse au port. Ce qui les a rendus célèbres est ce qu'ils ont partagé, ils sont des actionnaires minoritaires du plus grand moment de leur vie. Ils n'ont pas de minorité de blocage, leur seule arme est le silence et le repli sur soi, mais ils sont alors rejoints par la rumeur de leur amertume, et accusés d'avoir mal vieilli pour avoir voulu vieillir autrement, sans être définis par une équipe, une seule, et quelques mois d'une vie, quelques mois d'une ville.

Je n'ai pas eu besoin de les rechercher. J'en ai croisé la plupart, de loin en loin. Le mythe selon lequel il serait décevant de rencontrer ses anciennes idoles n'est ni une réalité ni une affabulation. Cela n'a pas d'intérêt de présenter ainsi la confrontation après que la grâce a passé. Ils étaient le mouvement, à l'intérieur d'une époque, leur maillot satiné leur faisait un habit qui suggérait de super-pouvoirs, et il faudrait voir comme leur défaite, et la nôtre, de les retrouver le cheveu éparpillé, le profil arrondi d'un Superman qui aurait changé la kryptonite en houblon. Alors que ceux qui ont renoncé à chercher une place dans la vie qui leur fasse retrouver un peu de l'ancienne adrénaline, ceux qui ont connu deux vies et refusé que la première écrase la seconde, ceux qui ont fait le deuil de la lumière, sont les véritables vainqueurs. Saint-Étienne conserve leur souvenir comme on retient les affaires d'un ancien conjoint au garde-meuble. Il arrive à la ville de faire la poussière au plumeau, elle se redéposera au même endroit, et l'ordre des choses ne change pas, les Verts n'ont pas été remplacés, même les jeunes générations les veillent après une enfance bouffée au mythe.

*

J'ai l'impression d'avoir passé ma vie à expliquer aux femmes pourquoi j'aimais le foot, pour quelle raison intelligente il était envisageable de l'aimer. J'aurais pu l'expliquer aux hommes, mais convaincre sans chercher à séduire diminue de moitié l'intérêt de la conversation et la portée de la performance. J'ai avancé que l'on se rendait au stade sur ses propres traces, qu'un match était une enfance revisitée, et elles auraient pu me répondre qu'il fallait grandir. J'ai raconté l'idéalisation originelle par la privation et l'imaginaire, et elles auraient eu le droit de rétorquer que trois ou quatre années de football sous l'ORTF justifiaient peu quarante années de station semi-allongée dans un canapé qui ne retrouverait jamais sa forme originelle, lui non plus. J'ai expliqué ma quête des stratégies et des écoles de pensée dans le jeu, qui montraient les frontières de l'Europe, le bloc de l'Est, les Anglo-Saxons, les Latins, les Balkans. Même sans le nom du club on aurait su d'où ils venaient, la coiffure et les maillots, parfois, mais pas toujours, l'idée de défendre ou d'attaquer, la générosité sans calcul ou la recherche de l'entourloupe, le fatalisme slave des équipes russes menées 1-0. J'aurais pu chercher à donner un sens à l'Europe du foot et elles auraient été fondées à souligner que cela s'applique également à *Intervilles* ou à *Koh Lanta*.

Elles n'ont rien dit de tout cela. Elles ont accepté que le foot soit une culture, même dans le sens quasi agricole ou voltairien d'un jardin pour soi, elles l'ont même parfois accepté trop vite, convaincues sans me laisser le temps de la séduction, qui aurait grandi, je m'en suis persuadé, au fil de mes arguments. Je n'aime pas les victoires comme à la parade, sans coup férir, de haute volée, ainsi que les qualifiaient les clichés en noir et blanc de la télé des années 70, je leur préfère les succès ambigus qui nécessitent des arbitrages ultérieurs et de se revoir.

*

J'ai passé trois heures à discuter avec Ivan Curkovic, dans le TGV entre Saint-Étienne et Paris, un lundi matin. Je ne pouvais pas lui dire que j'aurais voulu être lui, que j'avais fait tous les magasins de la ville, gardien de but adolescent, pour jouer avec les mêmes chaussettes blanches que lui, qu'il m'arrivait de les tenir sous les genoux avec des lacets, comme lui, mais rien ne tenait, ni les chaussettes, ni les lacets, ni le ballon entre mes mains, et pour les lacets, mes enfants se sont toujours foutus de moi parce que je ne sais pas les faire. Je commence à l'envers et je ne continue pas comme il le faudrait, du coup je me dis que lorsque je faisais les leurs face à eux, je commençais à l'endroit, au moins.

Je lui ai posé toutes les questions que j'ai toujours voulu lui poser, moins comme un journaliste quinqua que comme un ado de 1976. Je n'ai pas eu toutes mes réponses, parce qu'il n'a pas répondu comme le gardien de Glasgow, plutôt comme l'homme qui entretient la légende, la sienne et celle de tous les autres, même de ceux qui ne le méritent pas, il lisse les aspérités de l'histoire et de ses personnages, l'eau qui a coulé sous les ponts a emporté les grains de sable. Je voulais la véritable histoire de 1976, j'ai seulement eu droit à l'histoire de 1976 racontée en 2013 par ceux qui en sont les gardiens, et sur ce plan-là, j'aurais dû me douter que Curko était le meilleur et ne laisserait rien passer.

*

Je n'ai pas entretenu mes racines stéphanoises au fil du temps, je ne les ai pas arrachées non plus, je les ai laissées libres de pousser ou de disparaître. Saint-Étienne restera la ville du passage, l'endroit où j'ai eu pour la première fois l'impression d'entrer à la fois dans la télé et la vraie vie, de l'autre côté de l'ennui. J'aurais dû, sans doute, être plus reconnaissant à Sainté de m'avoir aidé à m'échapper. La vérité est que je m'en suis détaché quand le temps de l'évasion est venu.

Je ne sais pas ce qui a le plus changé, la ville ou moi, le stade ou moi. Je me perds dans l'une, moins dans l'autre. Le stade est devenu magnifique, je le préférais fervent, ses marches larges en pente douce derrière le but, sans places assises, c'était le même endroit mais autre chose.

Et comme d'habitude en m'enfonçant dans la ville je me sens désorienté. J'avais décidé pour ce livre d'en étudier la carte pour entreprendre de la dompter, mais j'ai conclu que j'avais d'autres moyens et d'autres racines pour m'y reconnaître, que je me repérerais mieux en suivant les petits cailloux abandonnés par mes ancêtres sur leur chemin, j'accepterais qu'elle soit un dédale perpétuel, les Verts de toujours diraient que c'est le but qui compte. Je ne sais toujours pas comment prendre cette ville, par quel bout, par quelle rue, et si j'en emprunte une au hasard j'ai peur d'être obligé de la rendre plus vite que prévu, que le prochain panneau sens interdit me renvoie d'où je viens ou contribue à me perdre.

La ville qui voyait ses travailleurs descendre en ses entrailles aperçoit désormais ses habitants fuir par le haut, s'installer sur les collines, s'arracher à l'ombre des rues étroites. Les soirs de match, là-haut, ils sont au premier rang, spectateurs de la lumière et du monde, et envisagent les projecteurs du stade comme un phare, là-bas, dans la plaine. Je me souviens que j'étais là, en 1976.

Cet ouvrage a été composé
par PCA à Rezé (Loire-Atlantique)
et achevé d'imprimer en France
par CPI Bussière
à Saint-Amand-Montrond (Cher)
pour le compte des Éditions Stock
31, rue de Fleurus, 75006 Paris
en mars 2016

Imprimé en France

Dépôt légal : mars 2016
N° d'édition : 03 – N° d'impression : 2022071
27-51-3343/7